Walter Müller

# Ich schau dir in die Seiten, Kleines

## Meine Bücher, meine Frauen

Schneekluth

CIP-Titelaufnahme der Deutschen Bibliothek

Müller, Walter :
Ich schau dir in die Seiten, Kleines: meine Bücher, meine Frauen/
Walter Müller. München : Schneekluth, 1993
ISBN 3-7951-1307-5

ISBN 3-7951-1307-5


Gesetzt aus der 10/13 Garamond
Satz: Satz-Service Glücker, Volkach
Druck und Bindung: Offizin Andersen Nexö, Leipzig
Printed in Germany 1993

»Ha, wenn jedes meiner Bücher eine Frau wäre, dann wäre etwas los bei mir!« *Urs Widmer*

*Für*
*Angela, Anita, Anne-Marie, Barbara, Biggi, Carola, Charlotte, Chris, Claudia, Conny, Elfriede, Elvira, Florence, Hanni oder Hanne oder Hanna, Heike, Frau Doktor H., Jaqueline, Julia, Karin, Konstanze, Lisa, Lotte, Lydia, Maria, Miriam, Monika, Regina, Silvie, Sonja, Fräulein Tamara, Tiny*

# *Elfriede*
# *oder*
# *Der Bär im Ameisenhaufen*

Als ich sechs war, versprach mir Elfi, das Nachbarsmädchen, das damals fünf war, die Ehe ... oder besser: drohte mir die Ehe an. Dich werde ich heiraten, sagte Elfi eines Nachmittags, ich weiß es noch im Wortlaut, in der Reihenfolge der einzelnen Wörter ... dich werde ich heiraten ... weil mir dieser kurze Satz ein so unbeschreiblich seltsames Gefühl bescherte. Wir waren gerade frisch eingezogen in einer neuen Wohnung in einem Dörfchen in Stadtnähe, Großmutter, Mutter, Schwester und ich. Elfi sagte also: dich werde ich heiraten. Und ich wurde in jenem Augenblick zum ersten Mal in meinem Leben von dieser Schwermut heimgesucht, die so ganz und gar mit Hoffnungslosigkeit verbunden ist.

Ich zeigte Elfi mein Lieblingsbuch – *Teddys Abenteuer.*

In diesem Buch gibt es eine Geschichte, die mich jedesmal, ohne Ausnahme, zu den heißesten Tränen gerührt hat, wie mich später höchstens die melancholische Geschichte vom Bergwerk in Falun zu heißen Tränen rühren konnte, die Geschichte vom jungen Mann, der am Tag seiner Hochzeit von der geheimnisvollen Bergkönigin in die Tiefe des Bergwerks gelockt wird. Dort verschüttet ihn eine Steinlawine . . . und nach fünfzig langen Jahren, Todesschlaf-Jahren, wird er durch einen Zufall entdeckt, von der einstigen Braut wiedererkannt und von Herzen beweint.

Da hab ich immer weinen müssen, ausnahmslos. Heute weinen wir, wenn in der »Lindenstraße« der Herr Beimer seine Taube verläßt. So billig sind unsere Träume geworden. Ich aber habe die schönsten Tränen beim Betrachten dieses Bilderbuches geweint, *Teddys Abenteuer,* bei der Episode »Teddys Ausflug in die Welt«, in der mein kleiner Bär in einen Ameisenhaufen fällt und von den Biestern auf brutalste Weise gequält wird – »ach, wie ward er da gebissen / ist verzweifelt ausgerissen!«

Das habe ich Elfriede, meiner künftigen Braut, gezeigt – und sie hat blöd gelacht. Elfriede war auf der Seite der Ameisen. Das war ihr Schicksal.

»Dich werde ich heiraten«, hat sie gesagt.

Und ich habe gesagt: »Nie im Leben!«

»Du mußt«, hat sie gesagt.

»Ich denke nicht daran«, habe ich geantwortet.

»›Die Frau sucht sich den Mann aus‹, hat die Mama gesagt«, hat Elfi gesagt.

Ich bin gestorben vor Angst.
»Der Mann kann sich nicht wehren«, hat Elfi gesagt.
»Muß das sein«, hab ich gefragt.
»›Es muß sein‹, sagt die Mama«, sagte Elfi.
Dann hab ich ihr eine Ohrfeige gegeben, im Namen meines gequälten Teddys. Und in meinem eigenen Namen.
Ihre Mutter hat mit meiner Mutter gesprochen.
Dann haben sie gelacht.
Elfi hat zwei Tage lang kein Wort mit mir geredet.
Ich mußte mich entschuldigen.
Ich hab ihr einen Zwergenkalender geschenkt. Mit dieser Geschichte, in der ein abgrundböser Zwerg kopfüber in den engen, tiefen Spalt in einem Zauberberg fällt und sich nicht mehr rühren kann ... und schon gar nicht befreien ...
... und dann steigt das Blut in seinen in die Tiefe gerichteten Kopf, hab ich mir beim Betrachten dieser Szene gedacht und dabei keine einzige Träne geweint ... und dann kriegt er keine Luft mehr, bis er erstickt! Und dann habe ich gelacht.
Elfi hat der Zwerg leid getan. Elfi hat geweint beim Betrachten des hoffnungslos in der Falle steckenden Zwerges.

Wir waren einfach nicht füreinander geschaffen.

## *Charlotte und die künstlichen Menschen*

Ich bin wieder einmal übersiedelt.
»Übersiedelt« ist ein zu großes Wort.
Ich habe also den Wohnsitz gewechselt.
Maria wechselt gern unseren Wohnsitz.
Seit ich mit Maria zusammen bin, ist das bereits der ... aber davon wollte ich gar nicht erzählen.
Wir haben unseren gemeinsamen Wohnsitz vom Stadtrand in das Stadtinnere, vom sechsten Stock ins Erdgeschoß verlagert. »Verlagert« ist das richtige Wort, wenn ich die noch unausgepackten Kisten und Koffer, Bananenschachteln und Rot-Kreuz-Kleidersammlungs-Säcke betrachte. Verlagert!
Maria liebt es zu verlagern. Ich hasse es, die Formulare für die Post-Nachsendeanträge auszufüllen. Ich behaupte, durch das häufige, ja fast schon permanente Ändern unserer Wohnadresse sind mir etliche Geschäfte durch die Lappen gegangen. Vielleicht liegt es an diesen komplizierten postalischen

Um-, ja Irrwegen, daß mein eigenes literarisches Werk umfangmäßig immer noch bescheiden ist.
Ich befinde mich also wieder einmal in einem neuen Arbeitsraum. Die anderen Räume habe ich teilnahmslos durchschritten. Eine Küche ist eine Küche, ein Klo ist ein Klo. Das Schlafzimmer ist ruhig, im Wohnzimmer befindet sich der Antennenanschluß für den Fernsehapparat. Der Garten ist verwildert. Wir hatten noch nie einen Garten.
Der Arbeitsraum ist hell und groß. Größer als der alte, meint Maria. Maria meint es ja nur gut mit mir. Obwohl mir der vorherige Raum im großen und ganzen bis zuletzt angenehm war.
Maria hat den halben Garten umgegraben, und ich sitze immer noch in meinem hellen großen Arbeitsraum, vor den eingebauten Teakholz-Regalen, die Schachteln mit den Büchern in Griffweite.
Jedesmal wenn wir ein neues vorübergehendes Zuhause beziehen, einen neuen einstweiligen Wohnsitz errichten, jedesmal nachdem Maria die übrigen Räume auf Hochglanz gebracht hat und ich zumindest die Nachsendeanträge widerwillig ausgefüllt habe, jedesmal dann ordne ich meine Bücher neu, versuche ich ein den Umständen und meiner Verfassung angemessenes System in meine Bibliothek zu bringen.
In der vorvorletzten Wohnung hatte ich die Bücher alphabetisch geordnet, von A bis Z, quer durch die Fachgebiete, wobei mir – da ich beim M zu sortie-

ren begonnen hatte und dann in beide Buchstabenrichtungen zwanglos weiterordnete –, wobei mir also tagelang nicht aufgefallen ist, daß ich einen ganzen Buchstaben, den Buchstaben B nämlich, in meiner Bibliothek unterschlagen hatte, die Bücher, die von Autoren mit dem Buchstaben B am Anfang ihres Familiennamens oder ihres Schriftsteller-Pseudonyms geschrieben worden waren . . . daß ich also alle B-Bücher in der B-Schachtel irrtümlich mit den Winterkleider-Schachteln auf dem Dachboden verstaut hatte, von B wie Bach, Richard, *Die Möwe Jonathan* mit den hübschen schwerelosen Vogelbildern bis Bukowski, Charles, *Gedichte, die einer schrieb, bevor er im 8. Stockwerk aus dem Fenster sprang.*
Am Abend, als ich endlich draufkam, als ich die B-Schachtel vom Dachboden holen wollte, sagte Maria mit leuchtenden Augen: »Ich habe unsere Traumwohnung gefunden!«
In der vorletzten Wohnung waren meine Bücher schlicht und einfach nach Sachgebieten geordnet – Englische Bücher neben Esoterik, Kunstbücher neben Kochbüchern, Liederbücher neben Literatur, Salzburg-Bücher vor Satire und Science-Fiction. Ich wollte gerade das T-Fach einrichten – Tiere, Theater, Theologie und so . . . da sagte Maria mit leuchtenden Augen . . . aber davon wollte ich gar nicht erzählen.
In der letzten Wohnung, aus der wir nun also in

diese übersiedelt sind, aus dem sechsten Stock ins Erdgeschoß, in der letzten Wohnung hatte ich die Bücher nach Verlagen und nach den Jahreszahlen ihrer Veröffentlichung gereiht, eine Anordnung, die mit erheblichen Schwierigkeiten beim Finden momentan benötigter Bücher verbunden war.
Ich habe noch kein neues System für die neue Wohnung gefunden. Maria hat den verwilderten Garten längst kultiviert, aber ich sitze immer noch neben meinen Bücherschachteln, vor den leeren Teakholz-Regalen im hellen, großen Arbeitsraum, Stadtinneres, Erdgeschoß. Ich greife wahllos in eine Schachtel, wahllos zu einem Buch – John Cohen, *Golem und Roboter – Über künstliche Menschen.*

Das hatte ich bei Charlotte gelesen, fällt mir ein, als sie für ihre Doktorprüfung lernte, Kunstgeschichte und Philosophie, und nächtelang nicht ansprechbar war . . . und tagelang sowieso nicht. Verfluchte Prüfungen!
Ich saß also in der Küche, die nur durch einen Vorhang vom Wohnzimmer getrennt war, Studentinnenzimmer, Charlotte lag auf der Wohnzimmercouch, die zugleich das Schlafzimmerbett war. Es war totenstill in dieser merkwürdigen Fastschon-Doktor-Wohnung, eine unerträgliche Stille . . . vielleicht war Charlotte schon tot, vielleicht war sie über ihren elendsdicken Kunstgeschichte-

büchern verstorben, still und heimlich, so kurz vor der alles entscheidenden Prüfung.
Aber dann hörte ich sie seufzen, Gottseidank, oder fluchen, Gottseidank, und ich las halbwegs beruhigt weiter in diesem Buch – *Golem und Roboter – Über künstliche Menschen,* das ich mir am Nachmittag zuvor gekauft hatte, weiß der Himmel warum!
»Im Jahre 1818 wurde im Irrenhaus von Cork eine kreisende Schaukel verwendet«, steht da auf Seite 84 geschrieben; ich habe diesen Absatz am Rande mit einem Kugelschreiber-Strich markiert, fällt mir auf, in meinem großen, hellen Arbeitsraum am Boden zwischen den Bücherschachteln sitzend, »im Jahre 1818 wurde im Irrenhaus von Cork eine kreisende Schaukel verwendet, in der Patienten festgeschnallt wurden. Diese Schaukel drehte sich hundertmal pro Minute. Vier Patienten konnten gleichzeitig in horizontaler oder aufrechter Stellung behandelt werden . . .«
»Ich glaub, ich schaff's nicht«, sagte Charlotte.
»Natürlich schaffst du's«, sagte ich.
»Nein, ich schaff's nicht.«
»Natürlich.«
»Nein!«
»Ja!«
»Laß mich in Ruh.«
»Ich laß dich ohnehin in Ruh. Tag und Nacht laß ich dich in Ruh!«

»Schrei mich nicht an.«
»Wer schreit da wen an!«
»Ich bin eben fertig mit den Nerven.«
»Dann laß doch den ganzen Quatsch.«
»Das sagst du nur, weil du es nicht geschafft hast.«
»Ich hätte das mit links geschafft, wenn ich gewollt hätte, mit links!«
»Tschuldigung.«
»Ebenfalls.«
»Es ist nur . . . ich bin so nervös . . .«
»Ich weiß.«
»Weißt du nicht!«
»Soll ich dich beruhigen . . .«
». . . keine Zeit . . .«
»Eine Viertelstunde . . .«
»Geht nicht.«
»Dann nicht!«

»Wenn die Ägypter das Bacchus-Fest feierten«, auch das hab ich angestrichen damals, Studentinnenzimmer, in der Küche hinterm Vorhang, Atmosphäre hochexplosiv . . . »dann wurden große Bildwerke, die sich durch Stricke bewegen ließen, von Frauen, die zum Lob des Gottes sangen, durch die Dörfer getragen. Der Phallus dieser Figuren war fast ebenso groß wie der ganze Körper und wippte auf und ab!« Charlotte ging wippend durch ihre Bude, Turnierpferd vor dem Start, rannte mich nieder, trampelte über mich hinweg, spuckte mir ins Gesicht, rempelte mich vom Parcour. »Mach's gut«, sagte ich.

Charlotte hat die Doktorprüfung mit links bestanden, mit links! Großer Jubel, große Feier! Beim Jubelfeier-Essen hat mich Charlottes Vater, neben dem ich zufällig oder absichtlich zu sitzen kam, nach meinen Studien befragt, womit *ich* mich zur Zeit hauptsächlich beschäftige, wann *ich* gedächte fertigzuwerden ... und ob ich nicht schon zu alt wäre.

Ich habe ihm von der kreisenden Schaukel im Irrenhaus von Cork erzählt, ein bißchen laut wohl, ein bißchen ungeordnet wohl auch ... denn ich war bereits betrunken gewesen, als der erste Aperitiv gereicht wurde ... ich habe ihm also von den vier Patienten und den hundert Drehungen in der Minute berichtet ... das beschäftige mich zur Zeit hauptsächlich ... und von den ägyptischen Lustgeräten und von Roger Bacon, dem Doctor mirabilis, der vor mehr als siebenhundert Jahren bereits einen sprechenden Kopf angefertigt haben soll, einen sprechenden Kopf, verstehen Sie?

Aber Charlottes Vater hatte sich längst von mir abgewandt. Und auch Charlotte wandte sich bald von mir ab. Frau Doktor Charlotte H., ich hab ihr noch das neue Türschild montiert ... Den Geruch hab ich noch in der Nase, den Geruch dieser elenden Studentinnenküche, Currypulver und Jasmintee. Nur die offene Flasche Gin hab ich in guter

Erinnerung. Auch das Foto hab ich noch: Charlotte und ich, beide haben wir lächerliche Schlurfkappen auf, am Tisch die offene Flasche Gin und siebenhundert Bücher Kunstgeschichte. Selbstauslöser-Fotografie, zwei Kinder mit Angstaugen. Sie hat sich vor der verfluchten Prüfung gefürchtet, ich mich davor, daß ich beim Jubelfeier-Essen neben ihrem Vater sitzen sollte.
Den Satz hab ich rot unterstrichen in *Golem und Roboter – Über künstliche Menschen*, den Satz: »Unsere Maschinen sind Romeos und Julias aus Gußeisen!« Aber das Wort Julia hab ich durch das Wort Charlotte ersetzt. Charlotte aus Gußeisen. Harte Frau, du! Abschiede sind immer hart. Ihren Vater hätte ich sowieso nie im Leben ausgehalten. Der hätte mich im Irrenhaus von Cork auf die Schaukel gesetzt, der schon! Gußeisen-Charlotte ... Das ist Ewigkeiten her.
»Du brauchst ja eine Ewigkeit«, sagt Maria. »Ich weiß«, sage ich und beschließe, meine Bücher nach meinen Frauen zu ordnen.

## *Monika*
## *oder*
## *Ich renne keinem Bus mehr nach!*

Wenn ich etwas sammle, dann sind es die Schallplatten von Keith Jarrett und die Bücher von Alan Watts. Von Keith Jarrett habe ich derzeit 54 Platten, wobei ich die Doppel- und Dreifach-Alben, ja sogar die Zehnfach-Kassette mit den Japan-Klaviersolokonzerten als jeweils eine einzige Platte zähle. Von Alan Watts habe ich im Augenblick 18 Bücher, das heißt: zehn Bücher und acht Büchlein, acht schmale Bände mit wenigem, aber umso aufregenderem Text und mit genialen Buchtiteln – *Nichts* . . . oder *Gott* . . . oder *Zeit* zum Beispiel. Begonnen hat alles mit *Tod.*

Daniela hat mir *Tod* von Alan Watts geschenkt. Daniela hat damals nur Bücher verschenkt, in deren Titel der Tod direkt oder indirekt angesprochen war, zum Geburtstag, zu Weihnachten, zu Ostern, zur Hochzeit – immer und jedem hat sie damals »Tod«-Bücher geschenkt. Thomas Manns *Tod in Venedig* in der Fischer-Taschenbuch-Ausgabe ... *Reiseführer ins Jenseits* von Lotte Ingrisch ... E. J. Golds spirituelle Visionen mit dem Titel *Dem Tod ist es egal, wie du stirbst* und diesem durch und durch entwaffnenden Satz: »... betrachte das Ganze mal so: Wie könnten sie dich noch toter machen, als du ohnehin schon bist?«

Alle, die je von Daniela mit einem Geschenk bedacht wurden, sprachen damals mit ehrfürchtigem Frösteln von ihr ... Daniela, dieses unheimliche Mädchen ... habt ihr den durchsichtigen Teint gesehen?

Herbert hat sie *Tod* von Woody Allen geschenkt.

Mir *Tod* von Alan Watts.

So bin ich auf Watts gekommen.

Daniela hat heute zwei Kinder und schaut verdammt gesund aus.

*Tod* von Alan Watts ist ein ungemein aufbauendes Buch. Leichte, fröhliche, swingende Alltagsphilosophie über den Tod und über das Leben.

»Wer auf dem Boden schläft, fällt nicht aus dem Bett«, schreibt Alan Watts in *Tod*, ein türkisches Sprichwort zitierend, und dann: »Genau gleich verhält es sich mit einem Menschen, der sich als bereits gestorben betrachtet. Betrachten Sie sich als bereits gestorben, so daß Sie nichts zu verlieren haben.«

Ich habe ein einziges Mal auf dem Boden geschlafen, das war in einem schmutzigen Wartesaal im Bahnhof von Fürstenfeld, nach einem abgesagten

Leseauftritt bei einem vom Sturm verblasenen Open-Air-Fest.
Alle hatten Reißaus genommen, als die Zeltplanen und die Tribünen zu schwanken begannen, alle waren nach Hause gelaufen, aber ich war extra mit dem Zug angereist und hatte mir kein Zimmer in einem Gasthaus bestellt. Jedenfalls war nichts mehr frei in dieser Sturmnacht, und die Wirte machten keine Türen auf. Im Wartesaal des Bahnhofs von Fürstenfeld legte ich mich auf den Boden, die Sitzbänke waren zu schmal zum Schlafen. Den Kopf bettete ich auf meine Kurzgeschichten über Liebe, Tod und elektronische Musik, aus denen ich keine einzige Zeile vorgelesen hatte. Niemand wußte von mir, keiner kannte mich, ich war ein Nichts auf einem schmutzigen Fußboden, dabei hätte das mein literarischer Durchbruch werden können. Ich war Null-Komma-Josef, als wär ich gar nicht auf der Welt, Bahnhofsdach über dem Kopf, ich hatte meine Stimme nicht erhoben, ich war ein Loch in der Literaturgeschichte, in diesem Kulturbetrieb, den ein kleiner Sturm so durcheinanderblasen kann. Ich war das absolute Nichts. Trotzdem war vierzehn Tage später das ausgehandelte Honorar auf meinem Konto.
Ich bin aus keinem Bett gefallen, ich hab mir keinen Knochen gebrochen. Als der Sturm sich verzog, war ich längst spurlos verschwunden.
Nach *Tod* hab ich mir *Nichts* gekauft, ich meine:

*Nichts* von Alan Watts. »Nichts ist immer wieder der Ursprung von einem Etwas«, schreibt Alan Watts in *Nichts*. Das war der rettende Satz in vielen dunklen Nächten. Was ist los mit dir? – Nichts! Und dieses Nichts sprach ich fortan mit dem Lächeln der Eingeweihten.

*Die Natur des Menschen*, dieses Büchlein hat mich völlig aus dem Häuschen gebracht. »Was wir vor allen Dingen nötig haben, ist, das Tempo zu verlangsamen und uns dazu zu bringen, statt zu rasen, durchs Leben zu schlendern.« Was für ein Satz! Vielleicht bin ich wegen dieses einen Satzes kein Autofahrer geworden, vielleicht habe ich wegen dieses einen Satzes den Führerschein nicht gemacht, wenngleich Maria mir von Zeit zu Zeit einzureden versucht, daß es noch nicht ganz zu spät sei. Vielleicht bin ich wegen dieses einen Satzes im Buch *Die Natur des Menschen* von Alan Watts neulich hundert Kilometer zu Fuß gegangen. Hundert Kilometer! Vielleicht ist das der wichtigste Satz in meinem Leben gewesen, wichtiger noch als der Satz »Wer auf dem Boden schläft, fällt nicht aus dem Bett« und wichtiger als der Satz »Nichts ist immer wieder der Ursprung von einem Etwas« . . .

Auch Monika ging zu Fuß. Ich kannte Monika nur flüchtig, aber ich hätte sie gerne näher kennengelernt. Wir sahen uns manchmal in der Uni-Bibliothek oder in der Esoterik-Abteilung meiner

Stammbuchhandlung, wenn ich mal wieder nachfragte, ob es etwas Neues von Alan Watts gäbe.
»Leider nichts!«
»Nichts ist immer wieder der Ursprung von einem Etwas!« Monika lächelte. Der Satz hatte genau gepaßt.
Göttlich sind Alan Watts' Sätze über die einfachsten Dinge des Lebens, über das Wohnen, das Kochen, das Tragen der richtigen Kleidung in seinem überirdisch guten Buch *Was hält das Zeug – Beziehungen zwischen Mensch und Materie.*
»Ein guter Koch«, schreibt er zum Beispiel, »brütet über dem Herd wie ein altes Mütterchen oder wie ein Alchimist, der gerade aus seltenen Kräutern das Elixier der Unsterblichkeit destilliert.« Seit ich *Was hält das Zeug* von Alan Watts gelesen habe, gibt es bei uns zuhause kein fast food mehr, keine Big Macs und keine Dosengerichte. Wenn Maria heute kocht, sehe ich in ihr eine Priesterin, die ein Opfer darbringt, manchmal jedenfalls.
Alan Watts war lange vor Maria bei mir eingezogen, in mein Bewußtsein, in meine Reden, in meine Texte. Damals hätte ich ganz gern Monika kennengelernt, hätte ihr im Kerzenlicht von meinen geheimen Küchenträumen, frei nach Alan Watts, erzählt ... von chinesischen und indischen Drogen, balsamischen Pasten, Pomaden, Salben und köstlichen Spezereien, Aromastoffen und Weihrauch, Moschus und ungeläutertem Benzoe-Harz, von

Kampfer, Koriander und Kardamom, von Ingwer und Nelken, Zimt und Tamarinde ... wie sie Alan Watts aufzählt in *Was hält das Zeug* auf Seite 60. Manchmal fuhr Monika auch mit dem Bus. Ich fuhr auch manchmal mit dem Bus. Im Bus haben sich schon viele Menschen näher kennengelernt, meine Mutter und mein Vater zum Beispiel.
Damals las ich in jeder freien Minute Alan Watts. Zum Beispiel das Kapitel über die Kleidung, dieses Plädoyer für weite, bunte, freimachende, bequeme Kleider, für Kimonos und Ponchos, Togas und Sarongs für Männer, natürlich für Männer!
Hosen sind unbequem und kastrierend, gerade für Männer, natürlich gerade für Männer. So ähnlich schreibt Alan Watts. Und als ihm ein Diskussionsgegner einmal ins Gesicht schreit: »Mit einem Kimono kann kein Mann einem Bus nachrennen!« sagt Alan Watts diesen wichtigen Satz: »Kein Mensch mit Selbstachtung sollte jemals einem Bus nachrennen!«
Ich hab mir den Satz zu Herzen genommen. Ich bin keinem Bus mehr nachgerannt, auch wenn ich zu spät zu den Vorlesungen gekommen bin, auch wenn ich zu spät zu den alles entscheidenden Besprechungen gekommen bin, auch wenn ich zu spät zum Fußballspiel gekommen bin. Dieser Satz hat mich total befreit: »Kein Mensch mit Selbstachtung sollte jemals einem Bus nachrennen!«
Lächelnd hab ich die Busse vor meiner Nase ab-

fahren lassen, lächelnd hab ich meine Freunde laufen lassen, lächelnd hab ich meine Schritte nicht beschleunigt. Ich war frei, völlig frei!
Ich bin auch diesem Bus nicht nachgerannt. Ich habe gar nicht daran gedacht, diesem Bus nachzurennen. Ich renne keinem Bus mehr nach. Auch nicht, wenn man mir aufmunternd durchs Busfenster zuwinkt. Keine Chance!
Verdammt, die da gewinkt hat . . . das war Monika . . .

## *Sie haben mich nach Lotte gefragt*

Sigmund Freuds *Zur Psychopathologie des Alltagslebens* habe ich auf einer Herbstwiese gelesen, im Gras liegend, 1970 oder so. Jedenfalls das Kapitel über das Vergessen von Eigennamen und jenes über die Entstehung sexueller Zweideutigkeiten durch Versprechen. Zumindest sind diese beiden Abschnitte im Buch rot markiert, und ich weiß, daß ich damals in diesem wunderschönen Herbst, auf der Wiese liegend, Freud las.

Es war dies die Wiese, die sich von der Kirche Maria Plain in sanftem Schwung der Stadt Salzburg zuneigt. Ich liebe diese Wiese! Ich liebte sie schon, als ich noch ein Kind war und hier Herbstblumen für die Mutter pflückte. Ich kam zu Fuß über diese Wiese, grad noch rechtzeitig, von der Stadt mit schwerem Atem heraufdampfend, Frühsommerblumen unterm Arm, als die Schwester heiratete. Und jetzt lag ich also hier und las Freuds Fallbeispiele über das Vergessen und das Versprechen ...

etwa von jenem Anatomieprofessor, der in seiner Vorlesung den Studenten erklärte: »Beim weiblichen Genitale hat man trotz vieler Versuchungen – pardon, Versuche . . .«

Ich kann mich noch an meinen heißen Kopf erinnern und an den Geruch der Herbstblumen. Ich war ein Neuling der Psychologie, ich hatte das Leben noch nicht so recht im Griff.

». . . die Alabüsterbachse der hl. Magdalena . . . statt Alabasterbüchse« . . . je mehr ich Freud las, das Kapitel vom Vergessen und jenes vom Versprechen, desto häufiger verwechselte und vergaß ich. Ich sagte »Auf Wiederschehen« und »Auf Wiedersauen«, und das passiert mir heute noch.

Bei einem wichtigen Referat vor einer Hundertschaft von Fachleuten sagte ich: »gade Groethe« statt »grade Goethe«, ich weiß es noch, als hätte ich es soeben gesagt – »gade Groethe«! Und es klang natürlich nach Kröte, Goethe klingt nach Kröte! Schande, grade Goethe . . . und der Vortrag war durch nichts mehr zu retten.

»Geutnant Lustl« ist natürlich auch nicht schlecht! Wie hatten wir damals gelacht, die ganze Klasse, als der Deutschprofessor von Arthur Schnitzlers »Geutnant Lustl« sprach. Und das in Anwesenheit des Schulinspektors!

Unser Deutschlehrer war frisch verlobt, und die Nächte sind ihm wohl ins Tagwerk gerutscht. »Geutnant Lustl«! Jedenfalls hätte sich der Geutnant Lustl wohl kaum fast eine Kugel in den Schädel geknallt wie der Gustl, der Leutnant. Auch um die Ehre hätte er sich einen Dreck gekümmert, der Lustl, ja – er wäre nicht einmal in jenes lähmend langweilige Konzert gegangen, in das Schnitzler den Leutnant schickt. Und kein Mensch hätte ihn demütigen können, schon gar nicht dieser satisfaktionsunfähige Bäckermeister, kein Mensch hätte einen, der Geutnant Lustl heißt, in eine derart ausweglose Situation bringen können.

Der Deutschprofessor bekam einen roten Kopf, und der Schulinspektor hustete zornig in unser Gelächter hinein. »Ruhe! Fahren Sie fort, Herr Kollege . . .« – »Mit . . . äh . . . Leutnant Gustl . . . hat Schnitzler . . . äh . . . die epische Technik des sogenannten . . . äh . . . inneren Monologs als erster in die deutsche Literatur . . . äh . . . eingeführt!«

Als der Schulinspektor unser Gekicher verließ (»Und sowas will in drei Monaten maturieren!«), waren wir mit dem Lustl allein . . . und dem Deutschprofessor.

Beim 25-Jahre-Matura-Treffen neulich hat sich keiner mehr an diese Episode erinnert. Nicht einmal der Deutschprofessor. Gut, es hat auch keiner Psychologie studiert, Freud und so . . . die Entstehung sexueller Zweideutigkeiten durch Versprechen . . . sie sind die alten Säue geblieben, aber Schnitzler . . . Geutnant Lustl . . . das Literarische haben sie alle vergessen.

Sie haben mich nach Lotte gefragt. »Bist du noch mit Lotte zusammen?«
Keine Ahnung, wer Lotte war.
Jedenfalls fiel mir keine Lotte aus dem Maturajahr ein. Soweit ich mich erinnern kann, kenne ich überhaupt nur eine einzige Lotte ... oder besser: kannte ich eine einzige Lotte.
Lotte trainierte den Schwimmernachwuchs in unserem städtischen Hallenbad. Auf der Kurzstrecke, 25 Meter pro Länge.
Unsere Geschichte war noch kürzer.
Unsere Geschichte endete am ersten Abend.
Ich wollte mir damals meinen ersten Bauch wegtrainieren und schwamm zweimal die Woche ein paar Längen.
Zuerst hatte mich Lottes ständige Pfeiferei eher genervt, aber als ich erkannte, welch tüchtige Trainerin sie war, nahm ich auch das in Kauf. Ich saß stundenlang am Beckenrand und lauschte der Musik aus Lottes Pfeife, während der Schwimmernachwuchs durch die Fluten kraulte.
Eigentlich dauerte unsere Geschichte nur zwei Minuten.
Eines Abends, ich hatte schon Entenhaut zwischen den Zehen, so lange saß ich am Trainingsbekken ...
Eines Abends sprang ich also über meinen Schatten und lud Fräulein Lotte zu einem Drink ins Hallenbad-Restaurant.

Ich wollte ihr sagen, daß ich sie für eine tüchtige Trainerin hielt. Und überhaupt . . .
Im Hallenbad-Restaurant saßen Erwin und Max. Zufällig.
Wenn ich gewußt hätte, daß Erwin und Max im Hallenbad-Restaurant sitzen, dann hätte ich Lotte in die Astoria-Bar eingeladen oder in das Café Glockenspiel. Erwin und Max waren aufdringliche Kerle. Sportlertypen!
Sportlertypen haben mich immer schon nervös gemacht. Erwin und Max erst recht.
Erwin und Max grüßten mit großer Geste, als Lotte und ich das Hallenbad-Restaurant betraten. Als wären wir verabredet!
»Ich bin Max«, sagte Max und trat uns grinsend in den Weg.
»Ich bin Erwin«, sagte Erwin und lächelte Lotte an. Lotte lächelte zurück.
»Hallo Max!« sagte ich. »Hallo Erwin! Also dann, tschüs!«
Aber die beiden ließen nicht locker.
»Und?«
»Und was?«
»Na, welche Fee hast du uns denn da mitgebracht, alter Casanova!« Die Art, wie Max und Erwin auf Lotte flogen . . . und wie sie irgendwie zurückflog, machte mich noch nervöser, als mich die Sportlertypen an sich schon gemacht hatten.
Ich halte Sie für eine tüchtige Trainerin, hätte ich

ihr gesagt, und überhaupt. Das wäre der Startsprung in unsere Liebe gewesen.
»Und?«
»Sag schon!«
Ich stand also da, seit zwei Minuten mit Lotte liiert und sagte: »Das ist Lotte. Lotte ist eine trächtige Tünerin!«
Ich bin freiwillig gegangen.
Ich habe an Freuds »Alabüsterbachse der hl. Magdalena« gedacht. Ich hab mich mit dem Geutnant Lustl getröstet.
Ich hab noch ein lockeres »Auf Wiederschehen« gemurmelt . . . oder »Auf Wiedersauen«.
Es war ohnehin schon egal.

# *Pardon, Fräulein Tamara!*

Tamara war sechzehn, ich war sechzehn, wir sagten Sie zueinander. Es war das erste Mal, daß ich in den Sommerferien arbeiten mußte. Großkaufhaus, Lager-Job, acht Schilling die Stunde.
Tamara war ein phantastisches Mädchen, in der Mittagspause rauchte sie eine Zigarette. Unsere gemeinsame Hauptaufgabe bestand, soweit ich mich erinnern kann, darin, Kleiderbügel abzuzählen. Zwanzig und zwanzig, dann ein Klebeband darüber, und die nächsten zwanzig und zwanzig. Wir standen uns gegenüber, ganz nahe, holten Kleiderbügel aus tiefen Schachteln und zählten. Unsere Arbeit begann um sieben Uhr früh und endete um vier Uhr nachmittag. Einmal hatten wir mit Wäschekluppen zu tun, einen halben Tag lang, aber meist ging es um Kleiderbügel.
An einem dieser Sommertage im Jahre 66 mußte ich mir freinehmen. Das heißt: ich wollte mir freinehmen, um beim Begräbnis meines Groß-

onkels, des Bruders meiner Großmutter, dabeisein zu können. Das Begräbnis war um drei Uhr nachmittags, und der Lagerleiter sagte: »Um zwei Uhr kannst du verschwinden, und keine Minute früher!«

Ich mußte also, da ich mich zwischen zwei und drei Uhr, zwischen Dienstschluß und Begräbnisbeginn, nicht mehr zu Hause umziehen konnte, ich mußte also an diesem Sommertag im Jahre 66 im dunklen Anzug meine Arbeit als Lager-Aushilfsarbeiter ausüben. Tamara, Fräulein Tamara, fragte mich nach dem Grund für mein Schwarz und schüttelte mir zärtlich die Hand, als ich ihr vom Tod meines Großonkels erzählte. »Ich möchte Ihnen mein aufrichtiges Beileid ausdrücken«, sagte Tamara. Und ich sagte: »Ich danke Ihnen!«

Drei Wochen lang durfte ich mit Tamara, Fräulein Tamara, Kleiderbügel aus tiefen Schachteln holen und sie zählen. Und in der Mittagspause durfte ich neben ihr im Hof stehen und ihr Feuer geben. »Nein danke, ich rauche nicht«, sagte ich, »nicht mehr!«

Sie hatte eine Woche vor mir mit dem Ferienjob begonnen, sie hörte eine Woche vor mir wieder auf. Bis dreiviertel vier hatten wir Kleiderbügel gezählt, dann sagte sie: »Schade, daß das mein letzter Tag ist!« Ich sagte: »Schade!«

Unsere Hände hatten sich in diesen drei gemeinsamen Wochen im Lager des Großkaufhauses schon

das eine oder andere Mal flüchtig berührt, beim Eintauchen in die tiefen Schachteln, beim Herausholen der unendlich vielen Kleiderbügel. Ich hatte jedesmal gesagt: »Pardon!« Tamara hatte jedesmal gesagt: »Macht doch nichts!«
Jetzt, am letzten gemeinsamen Arbeitstag, tauchten wir noch einmal gemeinsam in die tiefe Schachtel mit den ungezählten Kleiderbügeln. Unsere Hände berührten sich, ich sagte: »Pardon!«, aber sie sagte nichts und schaute mir bloß in die Augen. Unsere Hände umfaßten sich, in der Kleiderbügelschachtel, dann ertönte die Vier-Uhr-Sirene, und die anderen Magazinarbeiter rannten durch den Lagerraum, auf ihre Gardeobenkästen zu.
»Also dann«, sagte Fräulein Tamara, »es war angenehm, mit Ihnen zu arbeiten!«
»Ich auch . . . also, ich meine . . . mir werden Sie fehlen . . . beim Zählen, ziemlich nämlich . . .« stotterte ich, »es war sehr angenehm!« Tamara schrieb sich meine Adresse auf und versprach, mir eine Urlaubskarte zu schicken.
Die letzte Arbeitswoche war eine echte Qual. Ich mußte alleine die Kleiderbügel aus den tiefen Schachteln holen, sie alleine abzählen und sie alleine zusammenkleben. In den Schachteln, kam mir vor, hatte sich noch Fräulein Tamaras Parfüm gefangen, es roch noch nach ihr . . . obwohl das ganz andere Schachteln waren. Wahrscheinlich roch es ganz einfach nach Karton und wahrschein-

lich hatte Fräulein Tamara gar kein Parfüm verwendet. Es fehlte mir sehr, daß keine Hand meine Hand berührte, zufällig, in den Kleiderbügelschachteln. Es ging mir ab, daß niemand »Macht doch nichts« sagte. »Pardon!« – »Macht doch nichts!«

Einen Tag nach dem Ende der allerersten Ferialarbeit in meinem Leben bekam ich eine Karte von Fräulein Tamara. Aus Venedig. »Ich hoffe, Sie haben die letzte Arbeitswoche gut hinter sich gebracht«, hatte Tamara geschrieben – es war eine Karte vom Canale Grande bei Nacht. »Ich genieße meinen Urlaub und gehe jeden Abend tanzen«, schrieb sie. »Vielleicht gehen wir in Salzburg einmal gemeinsam tanzen. Ich wünsche Ihnen jedenfalls einen schönen Sommer, Ihre Tamara.«

Der Sommer ging vorbei, und im Herbst ging unsere Klasse geschlossen in die Tanzschule. 24 Knaben, verteilt auf sämtliche Tanzschulen der Stadt. Ich lernte den Foxtrott, den English Waltz und halbwegs den Blues. Das war's auch schon. Wobei ich, keine Ahnung warum, beim Blues besondere Schwierigkeiten hatte, mit dem Schrittzählen, mit der Armhaltung und mit der Führung. »When a Man ... zwo und drei ... Loves a Woman ... vier und eins, schließen ...«

Meinen Tanzkurs besuchten auch zwei Klassen der Klosterinternats-Schülerinnen ... die zählten auch so wie ich, Gott sei Dank. »When a Man, zwo und drei ... Loves a Woman ... vier und eins, schließen ...«

Tamara und ich ... Fräulein Tamara und ich, wir trafen uns erst Monate nach unserer gemeinsamen Arbeit wieder, im Frühling, beim Frühlingsball einer Partei, mit der ich zwar nichts zu tun hatte, aber die halbe Klasse ging zu diesem Ball, und ich ging wegen der Band. Bei der Band spielte nämlich Paul, und Paul war der Bruder von Biggi. Und wenn Paul spielt, kommt vielleicht auch Biggi, dachte ich. Aber sie kam nicht. Dafür kam Tamara. Tamara sah toll aus, korallenrotes Kleid und dasselbe wahnsinnig süße Lächeln wie damals bei unseren Kleiderbügelschachteln.

»Wie geht es Ihnen?« fragte ich. Und sie sagte: »Wollen wir tanzen?« Wir tanzten einen Blues nach dem anderen, »When a Man, zwo, drei ... Loves a Woman ... vier und eins, schließen ...« und sie brachte mir bei, auch ohne zu zählen den Blues zu tanzen. »Vergiß die Kleiderbügel«, sagte sie, und dann spürte ich ihre Wange auf meiner Wange, »vier und eins, schließen ... When a Man Loves a Woman ...«

Wir hatten uns für den nächsten Nachmittag verabredet. Im Café. Ich kam mit Blumen. Sie kam mit Freunden.

Die Freunde waren irgendwie älter als ich. Sie tranken Martini und konnten ziemlich gut Witze erzählen. Ich versuchte diesen einen ... mit der

Waage des Apothekers . . . also, eine sehr dicke Frau, deren Mann . . . nein, der Mann ist gar nicht so wichtig in dieser Geschichte . . . eine sehr dicke Frau steigt auf eine Waage, also auf eine Apothekerwaage . . . ich habe vergessen zu sagen, daß der Witz bei einem Apotheker spielt, in einer Apotheke, da gibt es ja diese Waagen . . . kurzum, die Frau steigt auf die Waage, und die Waage sagt: »Eine Person!« . . . also »Nur eine Person!«, und die Waage, die nämlich sprechen kann, denkt also, es wären mehrere Personen, wegen des Gewichtes . . .
Oder dieser. Da geht einer mit einem kurzen Bein . . . also er humpelt, und dann ist da ein Gehsteig . . . nein, einer mit zwei ganz normalen Beinen geht auf dem Gehsteig . . . oder so zwischen Gehsteig und Straße, und der andere sagt: »Du humpelst ja . . .«

Ich kann einfach keine Witze erzählen. Ich bin garantiert der schlechteste Witzeerzähler aller Zeiten. Ich hab das Buch heute noch, *Witzbuch für Kinder*, da steht die Sache mit der Apothekerwaage drinnen. Ich hätte Tamara den Witz aufschreiben müssen. Oder den mit dem kurzen Bein. Keiner ihrer Freunde hat über meine Witze gelacht. Auch sie nicht. Sie hat nur gesagt: »Tschüs. Wir sehen uns sicher wieder einmal!«

Wir haben uns nie mehr gesehen. Bis heute nicht mehr.

Ihr rotes Kleid auf dem Frühlingsball sehe ich

heute noch vor mir. Auch ihr Lächeln mit den Grübchen in den Wangen. »When a Man Loves a Woman« mag ich heute noch. Witzeerzählen kann ich noch immer nicht.

Ihre Wange an meiner Wange. Die Wange von Fräulein Tamara an meiner Wange, ein paar Blues lang.

Ich glaube nicht, daß es an den Witzen gelegen hat. Ich glaube, als sie das erste Mal »Du« zu mir sagte, da war der Zauber irgendwie vorbei, verweht – wie das Parfüm aus den tiefen Schachteln mit den Kleiderbügeln verweht ist.

Irgendwann werde ich einmal einen Witz über Kleiderbügel schreiben. Aber ich werde ihn keinem Menschen erzählen.

*Es kriegen sich alle am Schluß,*
*verstehst du, Anne-Marie, alle!*

Wenn je ein Buch meinen Charakter, meine Träume, meine Seele beeinflußt hat, dann dieses Buch: DO IT – *Scenarios für die Revolution,* von Jerry Rubin. Ein Buch wie eine geballte Faust! Mit DO IT in der Manteltasche hatte ich die Welt in der Hand. Ich hatte DO IT Tag und Nacht bei mir. Wenn ich DO IT heute aufklappe, fällt es auseinander, aber damals – Anfang der Siebziger – war DO IT mein Halt, mein Programm, meine Zukunft. Meine Bibel! Mit DO IT war ich einer von denen, die im Namen der Revolution, der richtigen Revolution, der wilden, der fröhlichen, der freien, bunten Revolution kämpften ... oder nicht kämpften, agierten, liebten, verbesserten, lachten, die Welt veränderten, aber zum Besseren hin veränderten, zum Ungezwungenen, Komischen, Friedlichen, Verrückten . . . einer von denen war ich damals, DO IT von Jerry Rubin in der Manteltasche ...

Es war die Zeit der Studentenkrawalle überall auf der Welt, nur nicht hier in dieser verschlafenen Stadt, Vietnam und Happening, Che-Guevara-Mützen und Haschisch-Parties überall auf der Welt . . . nur nicht hier in dieser verdammten verschlafenen Stadt. Ich versuchte zum wiederholten Male mich gemeinsam mit meinem Kommilitonen, das Wort war einfach steil, mit meinem Kommilitonen Herbert auf die Grundbegriffe der Statistik für angewandte Psychologie zu konzentrieren, während durch unsere Köpfe Jerry Rubin tollte, nackt mit Allen Ginsberg, oder als Weihnachtsmann verkleidet, vor dem Kongreßausschuß zur Untersuchung unamerikanischer Umtriebe. *DANGER!* steht auf dem blutroten Buchrücken zu lesen: »*DANGER!* Dieses Buch wird sich in euren Händen in einen Molotow-Cocktail verwandeln. *DO IT* ist eine Kriegserklärung an die Generation der Väter – ein Aufruf an die Jugendlichen, ihr Elternhaus zu verlassen, ihre Schulen niederzubrennen und eine neue Gesellschaft auf den Trümmern der alten zu errichten!« Das war Programm genug für ein ganzes Leben. Das war unser Programm.

Herbert und ich warfen die Statistik-Bücher in die Ecke und lasen eine ganze Nacht lang *DO IT – Scenarios für die Revolution* von Jerry Rubin. »Friß dein Geld und stirb!« zum Beispiel. »Das Verbrennen von Geld und Kreditkarten ist ein Akt der Liebe, ein Akt der Menschlichkeit!« Wir hatten nicht viel Geld, Herbert und ich, aber jeder hat einen Hunderter verbrannt in jener Nacht, in der Kerzenflamme der Revolution. Wir hatten den Kapitalismus in seinen Grundfesten erschüttert. Was für ein Gefühl! Ehrlich!

Ich arbeitete damals, um mir mein Nicht-Studium finanzieren zu können, tageweise als Reisebegleiter und Fremdenführer für ein Sprachinstitut. Das heißt: ich mußte Horden von französischen Mittelschülern durch die Stadt schleppen, ihnen die Denkmäler der imperialistischen Machtmißbräuche der skrupellosen Feudalherrscher unserer Geschichte vorzeigen, das Geburtshaus des Hauptschuldigen an unserer totalitär-repressiven Hochkultur-Politik, die Brutstätten der Bourgeoisie, das Café Bazar und das Café Tomaselli.

Ich trug damals das längste Haar meiner Biographie, fast schulterlang. »Friseure«, hatte Jerry Rubin in einer großartigen Vision der freien Welt von morgen geschrieben, »Friseure werden Rehabilitierungslager aufsuchen und dort ihre Haare wachsen lassen!« Ich trug damals keine Uhr. »Alle Uhren werden vernichtet werden«, hatte Jerry Rubin proklamiert.

Ich kam eine Viertelstunde zu spät zur Abfahrt. Die französischen Mittelschüler saßen aufgefädelt im Reisebus, und der Chauffeur schaute mich an, als wolle er mich zur Sau machen. Aber ich hatte

*DO IT* in der Manteltasche, und mein Blick war dementsprechend. Ich vernichtete den Busfahrer allein mit meinem Blick.
Die Schüler pfiffen mich aus, als ich in den Bus kletterte – wegen einer Viertelstunde ihres unwürdigen, spießigen französischen Gymnasiasten-Lebens! – ich aber setzte mich grußlos auf den Beifahrersitz und deutete den murrenden Bestien hinter mir mit dem Mittelfinger der linken Hand jenes unmißverständliche Zeichen, – das in *DO IT*, *Scenarios für die Revolution*, auf Seite 57 abgebildet war.
Die Schüler sangen lächerliche Lieder, ich las die ganze Fahrt hindurch *DO IT*. Von der neuen Generation von Menschen, die verrückt sein würden, irrational, sexy, zornig, unreligiös, kindisch, übergeschnappt . . . genau so sollte es sein, dachte ich, von künftigen Menschen, die ihre Magister- und Doktordiplome verbrennen, aber ohne mit der Wimper zu zucken, dachte ich . . . immerhin, die Sache mit dem Hundertschillingschein, das war doch ein Anfang . . . von all dem las ich, während unwürdige phantasielose Kinder ihre patriotischen Gesänge zelebrierten. Wir brauchen Menschen, die lustige Kostüme tragen, schrieb Jerry Rubin.
In Berchtesgaden stiegen wir aus. Wir mußten diese miesen schwarzen Leinengewänder anziehen, bevor wir ins Schaubergwerk einfuhren. Anne-

Marie saß vor mir, auf diesem unbequemen Wägelchen Richtung Finsternis. Anne-Marie hatte kurzes brünettes Haar und ein hübsches Lächeln. Das hatte ich trotz meines revolutionären Blickes bemerkt, oder wegen meines revolutionären Blickes. Sie drehte ihren Kopf, lächelte mir ins Gesicht, mitten im Berg, im fahlen Licht der Bergwerkslampen. Das war alles. Wahrscheinlich wird sie nach der Revolution eine von uns sein, dachte ich, während der Eisenwagen durch die schmalen Gänge rumpelte und Anne-Maries dämliche Mitschüler dieselben französischen Patriotenlieder gröhlten wie im Bus.

In der Mittagspause konnte jeder tun, was er wollte. Eigentlich hätte ich sie alle in ein Restaurant in diesem ausbeuterischen Fremdenverkehrsort am schamlos verkitschten Königssee bringen sollen, hätte Konversation pflegen und Fragen beantworten müssen. Aber ich hatte gesagt: »Jeder soll tun, was er will. Wir treffen uns in zwei Stunden beim Bus!« Basta.

»Wie spät ist es jetzt«, hatte eines dieser Scheusale fast akzentfrei gefragt, und ich hatte im Instinkt meines früheren, vorrevolutionären Lebens den linken Arm zu den Augen hochgerissen, aber da war gar keine Uhr. Ja richtig, das heißt: selbstverständlich war da keine Uhr mehr, »alle Uhren werden vernichtet werden«, hat Jerry Rubin geschrieben, und ich war sein Jünger. »Es wird keine

Uhren geben. Tu, was du willst, aber tu es. DO IT!«
Es begann zu regnen, und ich verzog mich in die Wartehütte beim Bootsverleih. Die anderen saßen in den Wirtshäusern und Cafés, fraßen sich an und sangen französische Chauvinisten-Lieder. Man hörte sie bis hierher. Die anderen alle – bis auf Anne-Marie. »Was liest du da«, fragte sie mich. Auch sie hatte bemerkt, daß es regnete, auch sie hatte die Wartehütte beim Bootsverleih entdeckt. Es hat mich eine Sekunde lang gestört irgendwie, daß sie DU sagte, immerhin war ich gewissermaßen der Reiseleiter und sie eine Mittelschülerin. Aber dann fiel mir ein, erst das DU, erst eine Art von kreativer Respektlosigkeit macht die Revolution, unsere Revolution, diese wilde, fröhliche, angstfreie Revolution möglich. *DO IT,* das heißt ja auch nicht TUN SIE ES ... sondern TU ES ... DU ... nicht SIE. Sie ist tatsächlich eine von uns, dachte ich. Anne-Marie, Revolutionärin aus Toulouse.
Ich zeigte ihr das Buch, aber sie lächelte nur. Wahrscheinlich über Jerry Rubin, über sein wildes Haar, seinen wilden Bart auf dem Titelblatt oder über den mit dickem Lippenstift aufgemalten Kußmund auf seiner Wange.
»Ist es schön?« fragte Anne-Marie.
»Es ist *das* Buch der Bücher!« sagte ich.
»Eine Liebesgeschichte?« fragte Anne-Marie.
»*Die* Liebesgeschichte!« sagte ich.

»Kriegen sich die beiden am Schluß?«
»Es kriegen sich alle am Schluß, verstehst du, alle!«
»Schön«, Anne-Marie lächelte.
»Eine Offenbarung, vom ersten bis zum letzten Satz«, lächelte ich.
»Wie lautet der letzte Satz?« fragte sie.
Ich schlug mein Buch auf, letzte Seite, letzter Satz.
»Die Menschen werden morgens Landwirtschaft betreiben«, las ich mit lauter Stimme, denn Jerry Rubin hatte geschrieben: *DO IT* muß laut gelesen werden . . . genau gelesen . . . auswendig gelernt, verbrannt, diskutiert, verschlungen, gefressen, zu *DO IT* muß getanzt werden . . . getanzt hab ich nicht zu *DO IT*, aber ich hab eine Menge Sätze auswendig gelernt. Und ich las *DO IT* laut. Ich schrie ihn fast, den letzten Satz.
»Die Menschen werden morgens Landwirtschaft betreiben, nachmittags Musik machen und vögeln, wo und wann sie wollen.«
»Was heißt das?« fragte Anne-Marie, und ich wußte blitzartig, was sie meinte, was was heißen solle.
Heute glaube ich, daß ich damals intellektuell der revolutionären Sache viel näher war als emotionell. Ich merkte jedenfalls, wie ich verlegen wurde, beim Versuch, die natürlichste, nein: die wichtigste, freieste Sache der Welt, laut Jerry Rubin . . . dieses Wort nämlich, das so unendlich befreiende Wort der freien revolutionären Menschen . . . noch dazu von unseren gefiederten Brüdern der Lüfte abge-

leitet ... Jesusmaria ... Jerry, wieso werde ich rot dabei ... also das mit der Landwirtschaft ... und das mit dem Musikmachen, das ist ja klar irgendwie ... oder ... aber ... ich meine ...

Da kamen zwei göttliche Wesen zu Hilfe ... zwei von diesen Franzosenbuben, aufgeregt noch dazu, sie sagten irgendwas von Café und Polizei. Und ich mußte auf der Stelle zu Hilfe eilen. Pardon, Anne-Marie, die Verantwortung ruft ...

Sie hatten ein Zigarettenloch in ein Tischtuch gebrannt, diese Widerlinge, unabsichtlich, wie sie mit großen Gesten beschworen, und der Wirt hatte zwanzig Mark für das Tischtuch kassiert. Jetzt wollten sie diesen ekelerregend scheußlichen Stofflappen als Souvenir mitnehmen, als Beutestück, als Trophäe. Aber der Wirt rückte ihn nicht heraus. Im Gegenteil, er hatte ihn wieder auf den Tisch gelegt und das Brandloch mit einem schweren Aschenbecher zugedeckt. Und das sei Betrug!

»Das ist hundsgemeiner Betrug«, schrie ich den Wirt an und riß mit der rechten Hand das Tischtuch vom Tisch, so blitzartig, daß der Aschenbecher auf der Tischplatte liegenblieb – eine Aktion, die ich, trotz einiger Versuche, in meinem späteren Leben nie mehr wiederholen konnte.

Ich riß also das geringfügig angebrannte 20-Mark-teure Betrugs-Tischtuch mit der rechten Hand vom Tisch, während sich meine Linke in der

Manteltasche um das Buch krallte – DO IT, *Szenarios für die Revolution*, und die Hand und das Buch verschmolzen zu einer einzigen geballten Faust.
Der Wirt sagte kein Wort, sondern packte mich an der Knopfleiste meines schwarzen Schnürlsamtmantels und warf mich zur Türe hinaus.
Ich schrie etwas von der kapitalistischen Ausbeutung, und er machte stillschweigend die Türe zu. Tischtuch und DO IT hielt ich immer noch fest in meinen Händen.
Die Franzosen halfen mir auf die Beine. Anne-Marie applaudierte mit ihren schmalen Händen.
Ich war der Held vom Königssee. Ein Vorbild, ein Unerschrockener, ein Freiheitskämpfer. Ein postrevolutionärer Andreas Hofer gewissermaßen.
Anne-Marie hat mir zwei Briefe geschrieben.
Vom letzten Satz im Buche des Jerry Rubin war nie mehr die Rede. Es waren belangslose Briefe.

# *Miriam*
# *und*
# *die richtigen Männer*

Ich hätte Pilot werden können. Raumfahrer. Abenteurer.
Sie schenkten mir Piloten-Bücher, Raumfahrer-Bücher, das *Lexikon der Seefahrer und Entdecker* von Fernand Salentiny.
Lokomotivführer wenigstens.
Sie taten alles, um aus mir einen Mann zu machen.
Die Eisenbahn hatte ich mir gar nicht gewünscht. Sie lag einfach unter dem Christbaum. Märklin, Grundausstattung. Ich steckte pflichtbewußt die Schienenteile ineinander, wobei ich wohl den einen oder anderen Metallstift verbog, weil gleich bei der ersten Probefahrt die Funken sprühten und die Lokomotive entgleiste. Sie sahen mir aufmerksam zu, die Weihnachtsgratulanten, gaben mir Tips, steckten die Schienen von neuem und diesmal ordnungsgemäß zusammen. Na bitte, läuft doch wie geschmiert!
Am zweiten Weihnachtsfeiertag fand ich heraus,

wie man auf schlecht gesteckten Märklin-Geleisen Lamettafäden zum Schmoren bringt und Tannennadeln zum Glühen. Den Geruch von schmorenden Lamettafäden und glühenden Tannennadeln hab ich heute noch in der Nase, wenn ich Christbäume schmücke oder an Spielwarengeschäften vorbeikomme. Meine Grundausstattung wurde nie erweitert, es blieb bei der einfachen Rundstrecke ohne Weichen, es blieb bei der Lokomotive und den drei Pflichtwaggons. Immerhin hab ich es mit der Grundausstattung einmal bis zu einem Kurzschluß gebracht.

Heute liebe ich Zugfahrten. Auf Zugfahrten fallen mir die schönsten Geschichten ein. Oder ich lese. Oder ich trinke. Einmal habe ich auf der Dreieinhalb-Stunden-Strecke von hier nach K. ein halbes Hörspiel geschrieben. Einmal habe ich auf der gleichlangen Fahrt von K. nach Hause eine ganze Flasche Wein ausgetrunken . . . als Miriam mir mitteilte . . .

Ein halbes Jahr lang war ich zu Miriam gefahren. Oder Miriam zu mir. Miriam mit dem Auto, ich mit der Bahn. Am ersten Morgen hatte Miriam gesagt, ich sei der sanfteste Mann. Am letzten Abend sagte sie, sie habe Sehnsucht nach einem richtigen Mann. Ich holte die Flasche Wein aus dem Kühlschrank, setzte mich in den nächstbesten Zug und fuhr nach Hause. Mutter sagte: wird schon werden! Schwester sagte: reiß dich zusam-

men! Großmutter sagte: dir wird auch noch der Knopf aufgehen!
... nach einem richtigen Mann! Immer träumen sie von den richtigen Männern! Natürlich hätte ich auch Pilot werden können!
Natürlich kenne ich Bartolomeo Diaz, der mit seiner »Sao Cristavo« 1487 das Schwarze Kap an Südwestafrikas Küste umrundete und dann in diesen schrecklichen Sturm mit Eiswind und dichtem Nebel geriet. Ich kenne auch die Geschichte des spanischen Konquistadoren Vasco Nunez de Balboa, der am 7. September 1513 von Santa Maria la Antigua del Darien durch den Urwald marschierte, in Bcglcitung von 190 Spaniern und zahlreichen Bluthunden, die er unterwegs auf Indianer hetzte. Ich kenne diese Dinge! Sie haben mir genügend einschlägige Literatur geschenkt! Sie wollten aus mir einen Expeditionstaucher machen, einen Matrosen wenigstens (es gibt ungezählte Fotos von mir in Marinekleidern), einen Soldaten zumindest. Ich habe mich also von den Frauen verabschiedet ... jetzt fährt der Zug ab ... wir sind richtige Männer, wir vier. Wie stolz waren die Frauen, als wir unser Tauglichkeitszeugnis bekamen ... wie stolz sind sie jetzt, da es ernst wird ... wir hocken in unserem Abteil ... der Zug fährt laut und hart ... in vier Stunden werden wir unsere Kaserne betreten, mit ruhigen, entschlossenen Gesichtern. Wird schon werden, hat die Mutter gesagt. Reiß

dich zusammen, hat die Schwester gesagt. Jetzt wird dir sicher der Knopf aufgehen, hat die Großmutter gesagt. Sie werden aus uns richtige Männer machen. Sie werden uns die Empfindlichkeit austreiben, das Weiberhafte, das Weinerliche. Beim Betreten der Kaserne mit ruhigem, entschlossenem Gesicht hab ich rote Augen, aber nur weil ich so lange beim offenen Fenster hinausgeschaut habe, auf der Fahrt von zu Hause weg.
Ich bin härter geworden, keine Frage. Ich lernte ein paar starke Sprüche. Ich konnte bald ausspucken, ohne naßzuwerden. Ich kann heute noch freihändig in den Schnee pinkeln. Beim Wettschießen war ich unter den Besseren. Ich schaffte dreißig Liegestütze mit Marschgepäck.
Na siehst du, sagten die Frauen, und wenn ich durch unseren Ort spazierte, dann hatte ich meine Uniform an.
Richtiger Mann. Ich, in Uniform, mit Pfeife im Mund.
Ich hatte meinen ersten Rausch. Im Puff zahlte man damals hundertfünfzig Schilling.
Ich kriegte langsam die Stiefel auf den Boden. Na also . . .
Jetzt durfte ich schon eine kleine Truppe führen. Heißer Sommertag, Orientierungsmarsch. Nur mit Kompaß und so. Zielbestimmung, Landkarte. Und Abmarsch, Leute!
In der Ferne konnte man bereits den Zielpunkt

sehen ... alte Ruine, Daumensprung rechts davon: eine Birke. Richtig. Da war nur dieser Bach ...

»Wir müssen rüber, Leute«, sagte ich.

Aber sie dachten gar nicht daran.

»Los, rüber!« kommandierte ich.

Gelächter.

»Rüberspringen! Das ist ein Befehl!«

Nichts.

Gut, es war verdammt heiß. Und der Bach war ziemlich breit. Aber wir hatten keine andere Chance. Keine Brücke zu sehen. Wir mußten einfach da drüber. Nur so konnten wir diesen verdammten Wettbewerb gewinnen! »Und ich will diesen verdammten Wettbewerb gewinnen, Leute, verstanden?!«

Sie hockten sich auf die Erde und schauten mich grinsend an. Lauter Männer, gut trainiert, Kampfanzüge, schwere Stiefel, Gewehr bei der Hand.

Meine Truppe!

»Los, rüber!!«

Also gut.

Zuerst warf ich das Gewehr ans andere Ufer. Dann das Gepäck. Pedro de Alvarado, der Konquistador zum Beispiel ... als der sich vor den Aztekenkriegern retten mußte, da sprang er einfach über den Graben der Stadtbefestigung von Tenochtitlan ... und seither trägt dieser Graben den Namen »Salto Alvarado«!

Ich nahm also Anlauf, sprang los – und fiel mitten

in den Bach. Ich konnte mich grad noch am Ufergras festkrallen, ich zog mich mit letzten Kräften aus dem Wasser. Ich war naß bis unter die Haut.

Meine Leute lachten sich krumm. Keiner sprang mir nach. Sie suchten sich einen besseren Kurs.

Ich ging einfach weiter, mutterseelenallein, geradeaus, auf die ferne Ruine und die Birke zu. Ich ließ mich durch kein Gelächter von meinem Weg abbringen.

Das Gras stand mannshoch.

Das Gras stand in voller Blüte.

Ich war ein nasser, dampfender Sack. Die Sonne glühte vom Himmel. Aber ich mußte da durch.

Ich mußte niesen ... aber ich war auf dem richtigen Weg.

Und noch einmal niesen ... die Hitze, das Wasser, das mannshohe Gras . . . Natürlich hätten wir diesen verdammten Wettbewerb gewonnen, haushoch hätten wir ihn gewonnen, wenn meine Leute mir nachgesprungen wären. Aber sie waren mir nicht nachgesprungen, und wir wurden unter dem Gelächter der anderen Letzte.

Auf der Heimfahrt in der Eisenbahn redete ich kein Wort mit meinen Männern. Ich mußte die ganze Zeit niesen. Ich muß heute noch niesen, wenn das Gras mannshoch ist. Von April bis August ist mit mir nichts anzufangen. Da muß ich niesen. Das ist mir geblieben von damals! . . . wenn das Gras

mannshoch ist und wenn die Sonne herunterbrennt . . . oder wenn ich sonst ins Schwitzen komme . . .
Im Herbst, als wir uns kennenlernten, war ich für Miriam der zärtlichste Mann. Im Sommer, als die Gräser rundum mannshoch standen, begann sie sich nach den richtigen Männern zu sehnen, nach Piloten und Raumfahrern, nach Männern, die über Stadtgräben springen konnten.
Ich holte also die Weinflasche aus dem Kühlschrank, setzte mich in den nächstbesten Zug und fuhr nach Hause.
Wird schon werden.
Reiß dich zusammen.
Dir wird auch noch der Knopf aufgehen.

Wartet nur, bis das Gras geschnitten ist!

## *Heike – streike – aus*

Heike nannte ich sie erst später. Als alles längst vorbei war. Wahrscheinlich hatte sie Ruth geheißen ... oder Carmen. Auf Ruth hätte ich viele Reime gefunden. Auf Carmen auch. Ich suchte damals noch Reime auf Mädchennamen. Ich fuhr damals noch mit Mutter und Schwester in den Urlaub.

Zum Beispiel: Carmen – Erbarmen! Einen Blick, einen warmen – von Carmen. Erbarmen! Carmen, in deinen Armen ... und so weiter.

Auf Ruth hätte ich »gut« gereimt ... oder Mut ... Glut, Sonnenglut, Liebesglut, Herzensglut, herzensgut, wohlgemuth, wie wohl das tut, Flut, Blut, Rosenblut, Schlangenbrut, Fang den Hut ... ach, auf Ruth reimt sich allerlei.

Ich nannte sie Heike. Auf Heike reimt sich nichts. Außer: streike. Das verhindert jede gefühlsmäßige Bindung im Ansatz. Über Heike träumt man nicht in Reimen weiter. Heike ist Heike. Aus. Und wenn

alles aus ist, ist alles aus. Mit 15 stirbt man sowieso immer gleich den Liebestod. An Heike wollte ich nicht auch noch sterben. Heike – streike – aus.
Es ist eine empfehlenswerte Befreiungstat, nach dem Ende einer Beziehung den Namen auszutauschen, aus einem klingenden, gut reimenden Namen einen stumpfen, reimlosen zu machen. Einmal habe ich eine einstige Liebe Wilma getauft. Auf Wilma fand nicht einmal Peregrinus Syntax einen Reim, der immerhin im Jahre 1826 mehr als 300.000 Reime aufschrieb und dessen zweibändiges *Reimlexikon* mir schon oft einschlägig weitergeholfen hat. Wilma scheint im Lexikon des Peregrinus Syntax überhaupt nicht auf, geschweige denn ein Reim darauf! Das Wörtchen »Wilm« hat er vermerkt – und dazu den Reim »Ilm« . . . die Ilm, das ist bekanntlich der linke Nebenfluß der Saale, 120 Kilometer lang, durch Goethes Weimar fließend. Wilm, das war jener Hütteningenieur Alfred Wilm aus Niederschellendorf in Schlesien, der 1906 die Leichtmetall-Legierung Duraluminium erfand . . . wie ich dem letzten Band meines zwanzigbändigen Brockhaus-Taschenbuch-Lexikons entnehme.
»Wilme« hat er auch notiert, Peregrinus in seinem Reimlexikon.
Wilme . . . dem Wilme, der bloße Dativ zu Wilm . . . wenn man etwa sagen möchte: »Im Jahre 1906, als dem Wilme, Hütteningenieur aus Nie-

derschellendorf, die Erfindung der Leichtmetall-Legierung Duraluminium gelang . . .« Auf Wilme wird Ilme gereimt . . . und Bastilme, ein Wort, das mir kein Fachmann bis heute erklären konnte.

Aber dazwischen, zwischen Wilm und Wilme – keine Wilma. Und schon gar kein Reim. Aber eigentlich wollte ich von Heike erzählen. Der Bus hielt vor dem Hotel, wir stiegen aus – Mutter, Schwester und ich – da stand Heike. In einem süßen Strandkleid, helles, kurzes Haar, ein bißchen knabenhaft . . . so ähnlich wie Antoine de Saint-Exupéry seinen *Kleinen Prinzen* gezeichnet hatte. Den *Kleinen Prinzen* konnte ich damals so gut wie auswendig . . .

Wir trugen unser Gepäck in die Hotelhalle, Hotel Antonio, glaube ich, und Heike lief einem fernen Liegestuhl am Strande von Caorle zu; ich hab sie vom Hotelzimmerbalkon aus beobachtet.

Es war ein früher Julitag, kurz nach Ferienbeginn. Die Schule war vorbei, Zeugnis war in Ordnung, endlich konnte ich meine müden Knochen ein bißchen in die italienische Sonne hängen.

Ich hätte es damals schon wissen müssen, daß man sich dem Sommer vorsichtig nähern muß, vor allem, wenn man ein blaßhäutiger Typ ist, wie ich einer war.

Aber dort am Strand war Heike, die kleine Prinzessin, und da, am Balkon, war ich . . . und dazwischen eine rasch entflammte Sehnsucht.

Wahrscheinlich heißt sie Ruth, dachte ich damals. Und lief aus dem Hotel ...

Ich weiß nicht, wie das die anderen machten, aber ich pflegte meine zukünftigen Lieben in mächtigen Kreisen anzugehen. Ich schlenderte wie zufällig an ihnen vorbei, schaute gar nicht hin, als wäre ich ein Fremder, ging dann meines Weges, eines langen Weges, kehrte spät zurück, schaute immer noch nicht hin. Erst beim zweiten oder dritten Kreis, erst nach Stunden also, der erste Blickkontakt. Manchmal waren Ruth oder Carmen beim dritten Zurückkommen bereits aufgestanden und gegangen ... oder von einer Horde italienischer oder bundesdeutscher Knaben umringt, die mit ihnen lachten und die üblichen Spiele mit Sand und Sonnencreme spielten.

Bei Heike war das anders. Ich kam also zurück, nachdem ich den Strand von Caorle in beiden Richtungen mehrmals zur Gänze abgeschritten hatte – und sie lag noch immer in ihrem Liegestuhl und lächelte mit geschlossenen Augen zur Sonne hinauf.

Ich hatte mir auf meiner stundenlangen Wanderung mit den nackten Füßen im heißen Sand einen hübschen Satz ausgedacht für unsere erste Abendbegegnung. Ich hätte einen traurigen Blick aufgesetzt, und wenn sie, Heike oder Ruth, nach dem Grund meiner Traurigkeit gefragt hätte, dann hätte ich leise und wehmütig geantwortet: »Du weißt doch, wenn man recht traurig ist, liebt man die Sonnenuntergänge . . .« Und dann hätten wir gemeinsam mit offenen Augen mitten in den schönsten Sonnenuntergang von Caorle geblickt. Natürlich stammt der Satz aus dem *Kleinen Prinzen,* aber für Ruth war dieser Satz gerade schön genug. Oder dieser: »Man sieht nur mit dem Herzen gut. Das Wesentliche ist für die Augen unsichtbar.« Das hätte ich gesagt, und Ruth hätte ihren Kopf auf meine Schulter gelegt, in jener sternenklaren Nacht in Caorle, und dann wären wir mutterseelenallein bis zur kleinen Kirche am Ende der Bucht gelaufen und hätten darin eine Kerze für unsere Liebe entzündet.

Wie gesagt, ich hätte es damals wissen müssen, daß der erste Tag an südländischen Stränden der gefährlichste ist, jedenfalls für blaßhäutige Typen, wie ich einer war. Ich selbst hatte es gar nicht bemerkt, erst Ruths Blick und ihr Grinsen machten mich darauf aufmerksam. Ich kam gerade, ziemlich nahe an ihrem Liegestuhl, von meinem weiten Weg zurück, bereit zur ersten, intensiven Blickaufnahme . . . aber sie blickte auf meine Beine, und dann grinste sie. Auch die anderen grinsten irgendwie oder kicherten oder sagten in dieser wohlwollenden Urlauberdiktion: »Junge, Junge, das gibt Blasen!« Auch die Schwester grinste, als ich ins Hotel zurückkehrte. Und die Mutter meinte: »Warum hast du dich nicht eingecremt?«

Aber das half jetzt auch nichts mehr. Meine Füße glühten, als wär ich aus der Hölle gekommen, dabei kam ich vom Himmel, und mein Engel hätte Ruth heißen können.

Ich konnte die ganze Nacht nicht schlafen. Ich wurde von einem heftigen Schüttelfrost durchzuckt, ich wurde mit Brandsalben gekühlt, meine Füße leuchteten wie die Laternen an den Balkonen italienischer Nachtclubs.

Ich dachte an meine weizenblonde Kleine Prinzessin und kam mit dem *Kleinen Prinzen* durch die unerträgliche Nacht. Ich murmelte die einzigartige Geschichte mit diesen göttlichen Sätzen immer wieder in meine Fieberstöße hinein . . . »Es macht die Wüste schön, daß sie irgendwo einen Brunnen birgt . . . was ich da sehe, ist nur eine Hülle. Das Eigentliche ist unsichtbar . . . Ich liebe es, des Nachts den Sternen zuzuhören. Sie sind wie fünfhundert Millionen Glöckchen . . .«

Da begann ein neuer Morgen zu dämmern.

Ich mußte zwei Tage lang im Bett bleiben. Ich hatte schwerste Verbrennungen auf meinen empfindlichen Füßen, ich hatte schwerste Verbrennungen auf meiner empfindsamen Seele. Hatte sie nicht gegrinst über meine Wunden, am ersten Tag, so kurz vor unserer großen Liebe? Ich hätte weinen können vor Schmerzen . . . »Es ist so geheimnisvoll, das Land der Tränen . . .«

Den Rest meiner italienischen Reise verbrachte ich

im Schatten. Im Schatten der Sonnenschirme, im Schatten der Gefühle. Ruth sah ich nur noch einmal ... als ich mit steifen, immer noch schmerzenden Beinen das Hotel verließ, um möglichst rasch den Schatten der Schirme zu finden ... und sie mit ihrem Koffer den Reisebus bestieg. Ich weiß nicht mehr, ob sie gelächelt oder gegrinst hat. In diesem Augenblick jedenfalls beschloß ich, sie Heike zu taufen. Heike ... streike ... ein kurzer, tränenloser Abschied.

*Der kleine Prinz* von Antoine de Saint-Exupéry ist ein Buch voller verbrannter Füße und voller verbrannter Seelen für mich. Und voller tröstlicher Sätze ... Sätze, die mir immer noch unter die Haut gehen, auch wenn mir auf der Außenseite dieser schnöden Welt immer wieder die Haut in Fransen geht. »Ich muß wohl zwei oder drei Raupen aushalten, wenn ich einen Schmetterling kennenlernen will ...«

## *Sonja – eine Operette*

Renate hat mir Handke geschenkt, weil sie Handke so verehrt.
Cornelia Bukowski, weil sie so auf Bukowski steht.
Elga Hesse, weil sie Hesse so wahnsinnig schön findet.
Martina Böll, wegen Böll.
Meine Mutter hat mir *Aus dem Knaben wird ein Mann* geschenkt, viel zu spät.
Sonja hat mir Walter Benjamins *Haschisch-Buch* geschenkt, viel zu früh. Ich war damals grad aus der Schule draußen.
»Ofenröhre wird Katze«, hat er aufgeschrieben, erste Haschisch-Impression, 18. Dezember 1927, 3 Uhr 30 früh . . . »Ofenröhre wird Katze. Beim Wort Ingwer ist anstelle des Schreibtisches plötzlich eine Fruchtbude da, in der ich sofort den Schreibtisch wiedererkenne. Ich erinnerte es 1001 Nacht . . .«
Ich hab mir das Zeug in die Zigarette gestopft, ich

hab es stückchenweise zerkaut, Sonja hat Kekse daraus gebacken. Ich habe nichts gespürt. Keine Ofenröhre ist eine Katze geworden. Sonja ist ziemlich sauer gewesen. Keine Fruchtbuden weit und breit.
Nur einmal, da hab ich Wirkung gezeigt. Im Theater, Operette, »Lustige Witwe«. Sonja saß neben mir. Die Grisetten schnarrten ihre infantilen Gesänge daher . . . »zippel-zippel-zippel-zapp« . . . Lolo, Dodo, Jou-Jou und die anderen . . . »trippel-trippel-trippel-trapp«! Ich war nur wegen Sonja hier. Sie brauche das für irgendeine öde Musikprüfung, sagte sie. »Lustige Witwe« und so. Sonja war verdammt jung. Willst du?
Da zeigte ich also das erste und bislang einzige Mal Wirkung. Nicht daß sich der Schreibtisch des Grafen Danilo in eine Fruchtbude verwandelt hätte. Und aus den Ballett-Katzen sind keine Ofenröhren geworden. Es war zu Beginn des zweiten Aktes, bei diesem gräßlich-süßlichen Liedchen vom Waldmägdelein. Meine Stirn ist kalt geworden, von einer Sekunde auf die andere . . . ich war keine Katze, auch kein Ofenrohr, schon gar kein Ofenrohr . . . ich war ein schwach atmender Leichnam, ein Stück Eis in schwarzem Anzug . . .
». . . dem Burschen vergangen die Sinne fast sind«, sang die Glawari mit ihrer Zuckerstimme, ». . . einmal noch hat der Arme sie gegrüßt . . . Vilja, o Vilja . . .« und das Eis ist mir bis in die Zehen

gekrochen, ich habe Schnee geschwitzt, Unmengen von Schnee . . .
Sie hätten mich hinausgetragen, und in der Zeitung wäre gestanden: »In der Lustigen Witwe ist es gestern abend zu einem dramatischen Zwischenfall gekommen . . .«
In der »Lustigen Witwe«! Meine Freunde hätten sich totgelacht. Ausgerechnet in der »Lustigen Witwe«! Wer geht auch in die »Lustige Witwe«? Noch dazu mit einem Keks im Bauch! Ich wäre das Gespött des ganzen Planeten geworden.
Wahrscheinlich hätten sie mich aus der Band ausgeschlossen, lebenslänglich . . . nicht wegen des Kekses, wegen der »Lustigen Witwe«, jetzt wo wir gerade auf Psychedelik umstellten und die Lieder der Moody Blues einstudierten, gerade jetzt die »Lustige Witwe« und die Sache mit dem Keks! Gerade jetzt bricht er in der Operette nieder, und vielleicht wäre das ein Thema für einen zynischen Song geworden über einen Rocksänger, der sich aus nichts als kindischer Liebe zu einer Minderjährigen in die Operette begibt und dort an einem Keks sein Leben aushaucht.
Ich hab mir mit den kalten Händen den Schnee aus dem Gesicht geschaufelt, endlose Minuten lang, aber ich hab es geschafft irgendwie, ich hab mich ins Freie gerettet, mein Körper hat sich an der kalten Luft erwärmt. Niemand hat etwas gemerkt, nicht einmal Sonja.

»Unlust zu Auskunft«, hat Walter Benjamin geschrieben, Selbstversuch im Dezember 27, »Rudimente von einem Zustand der Entrücktheit. Große Empfindlichkeit gegen offne Türen, lautes Reden, Musik . . .«

»Und?« hat Sonja gefragt, »hat's dir gefallen?«

»Zippel-zappel«, hab ich gesagt.

»Zippel-zappel.«

## *Florence, die Kröte und das 68er Jahr*

Thomas bekam zur Matura einen Gebrauchtwagen.
Manfred bekam ein Moped.
Michael ein neues Schlagzeug, Marke Ludwig, Beatles-Marke immerhin!
Willy einen Plattenspieler.
Ich bekam zur Matura das Buch *Alle Wunder dieser Welt – die großen Sehenswürdigkeiten von der Antike bis zur Gegenwart.*
Naja.
Im Sommer nach der Matura tauchte Florence auf. Das heißt: es tauchten Nicole, Elizabeth, Marie und Florence auf. Aber Florence war Florence. Florence war ganz anders. Florence war ein Wunder von einem Mädchen.
Thomas wollte ihr mit seinem Gebrauchtwagen imponieren.
Manfred mit seinem Moped.
Willy mit seinem Plattenspieler.

Michael gab eine Party, auf der er zwei Stunden lang Schlagzeug spielte, bis alle die Flucht ergriffen. Alle samt Florence.
Ich hielt mich da raus.
Nicole, Elizabeth, Marie und Florence sprachen ganz gut deutsch, obwohl sie hierher gekommen waren, um deutsch zu lernen. Einen ganzen Sommer lang. Den heißen 68er Sommer lang.
Nicole kam aus Paris.
Elizabeth kam aus Paris.
Marie kam aus Paris.
Florence kam aus Beziers und ging in Montpellier in die Schule. Nicole wohnte bei den Hoffmanns. Und die Hoffmanns wohnten neben den Königs. Und Michael war einer von den Königs. Der Sohn nämlich. Elizabeth, Marie und Florence trafen sich jeden Nachmittag bei Nicole.
Thomas, Manfred, Willy und ich – wir trafen uns jeden Nachmittag bei Michael. Klimperten auf alten Gitarren herum und tranken Cola-Rum.
Der 68er-Sommer war der totale Wahnsinn. Den 68er-Sommer werd ich nie vergessen. Politisch ... das lief alles ziemlich an uns vorbei irgendwie, aber wir hatten die Matura geschafft und bis zum Bundesheer war noch eine Ewigkeit Zeit, drei satte, pralle Sommermonate.
Eines Nachmittags stand Nicole im Treppenhaus, als wir gerade aus Michaels Wohnung kamen. Sie stand vor der Wohnungstüre der Hoffmanns und

läutete, aber die Hoffmanns waren zum Bahnhof gefahren, um Nicole abzuholen. Irgendwie war da etwas schiefgelaufen, jedenfalls ließ Michael Nicole in seine Wohnung, weil sie so dringend aufs Klo mußte.
Nicole redete nicht viel. Auch Cola-Rum wollte sie nicht. Wir waren echt froh, als die Hoffmanns endlich aufkreuzten und uns von ihr befreiten. Nicole war ein patentes Mädchen, das kriegten wir bald heraus. Und vor allem, sie hatte drei Freundinnen – Elizabeth, Marie und Florence.
Wenn wir nicht in Michaels Bude herumsaßen, auf alten Gitarren klimperten und Cola-Rum tranken, gingen wir ins Kino – wir und die Mädels, »Warte bis es dunkel wird« und so. Oder wir setzten uns ins Flughafen-Restaurant, schauten den Flugzeugen beim Starten zu und tranken Cola-Rum.
An Nicole, Elizabeth und Marie kann ich mich nur mehr dunkel erinnern. Nicole trank die ganzen zwei Monate kein Cola-Rum, Elizabeth in einer Nacht soviel, daß wir sie nach Hause tragen mußten, Marie sang nach drei Cola-Rum immer Lieder von Marylin Monroe.
Florence hatte schulterlanges schwarzes Haar und eine bronzefarbene Haut. Sie ging mir, wenn wir zufällig nebeneinander standen, bis zur Schulter. Meistens stand ich neben Nicole. Thomas stand neben Elizabeth, Michael neben Marie und Willy neben Florence. Manfred stand immer nur so her-

um. Oder Manfred stand neben Nicole, und ich stand nur so herum.
Die schwarzen Haare von Florence machten mich fast wahnsinnig, und die bronzefarbene Haut, und daß sie mir bis zur Schulter ging. Florence wäre lieber blond gewesen, blasse Haut, groß, schlank wie Audrey Hepburn, aber blond und blaß.
Eines Abends brauste Thomas mit Nicole im Gebrauchtwagen davon. Und Manfred hatte Elizabeth auf seinem Moped sitzen.
Willy wollte Marie auf seinem Plattenspieler was Neues von den Troggs vorspielen.
Michael war für ein paar Tage in die Steiermark verreist.
Florence und ich. Ich und Florence. Wir beide. Zum ersten Mal allein. Wir gingen ins Flughafen-Restaurant auf ein Cola-Rum. Ich sagte ihr, wie gut mir ihre schwarzen Haare gefielen. Und sie sagte mir, wie unglücklich sie mit ihren schwarzen Haaren sei. Wir redeten über die österreichische Monarchie, von der sie in der Schule in Montpellier gehört hatten. Ich sagte, ich sei froh, daß es keine Monarchie mehr gäbe. Sie sagte, ich würde dem jungen Kaiser Franz Joseph ähnlich sehen. Wir ließen noch viele Flugzeuge starten und landen, und als sich die große gläserne Ausgangstüre vor uns beiden wie von Zauberhand geführt öffnete, machte Florence einen Knicks und sagte »Majestät!« Dann liefen wir Hand in Hand durch die

Straßen und vor jeder spiegelnden Auslagenscheibe verneigten wir uns wie Kaiser und Kaiserin. Sie kam noch mit mir. Meine Familie war nicht zu Hause. Wir sahen uns die sieben Weltwunder in meinem Weltwunderbuch an, die Pyramiden von Gizeh, die Hängenden Gärten der Semiramis, den Artemistempel von Ephesos, das Mausoleum in Halikarnassos, den Koloß von Rhodos, den Leuchtturm von Alexandria und den Zeus von Olympia. Und als ich ihr mit der Hand durchs schwarze Haar fuhr, war es ihr egal, daß ihr Haar schwarz war und nicht blond.

Wir knieten gemeinsam vor dem Marmordom des Tadsch Mahal, diesem unendlich schönen Grabmal, das Schah Dschahan seiner toten Lieblingsfrau erbauen ließ. Wir knieten vor dem Tadsch Mahal-Foto im Buch, das ich zur Matura bekommen hatte, und träumten davon, einmal gemeinsam vor dem Tadsch Mahal zu knien, in Wirklichkeit. Der 68er-Sommer ging schneller vorüber als alle anderen Sommer vorher und nachher. Die Russen marschierten in Prag ein, wir schauten uns zum dritten Mal »Warte bis es dunkel wird« an, dann kam der letzte Abend.

Wir gingen ins Flughafen-Restaurant, Willy mit Nicole, Manfred mit Marie, Michael mit Elizabeth, Thomas war auch dabei. Ich ging mit Florence. Die gläserne Eingangstüre öffnete sich, Florence machte einen Knicks und sagte mit ihrer Tadsch-Mahal-

Stimme: »Majestät!« Ich winkte würdevoll wie ein Kaiser, und die anderen hielten uns für verrückt.
Ich versprach ihr zu schreiben.
Ich versprach ihr, Französisch zu lernen.
Sie versprach mir wiederzukommen.
Ich schrieb ihr ein einziges Mal, sie schrieb ein einziges Mal zurück.
Das Bild vom Tadsch Mahal in diesem Buch, das man mir zur Matura schenkte, während Thomas einen Gebrauchtwagen bekam, Manfred ein Moped, Michael ein Schlagzeug und Willy einen Plattenspieler . . . das Bild vom Tadsch Mahal in meinem Matura-Weltwunderbuch habe ich später mit anderen Mädchen angestarrt, aber so wie mit Florence war es nie mehr.
Ich habe auch nie Französisch gelernt. Ich kann kein einziges Wort Französisch. Nur dieses eine habe ich mir gemerkt, dieses Wort aus dem Honigmund meiner kleinen Florence, als wir in jener letzten Nacht durch das kleine Wäldchen unserem Abschied entgegengingen und uns irgend etwas vor die Füße sprang. Eine Glückskatze? Ein Kobold der ewigen Liebe? Ein verzaubertes Kaninchen aus dem Hut des großen Magiers der letzten Maharadschas? Ein Sterntaler für eine leuchtende Zukunft?
Es war eine Kröte.
»Un Crapaud«, sagte Florence.
Ich habe das gesammelte Wissen meiner zwölfjäh-

rigen Schulzeit längst vergessen, auch die Namen der meisten Mädchen, mit denen ich das Bild des Tadsch Mahal betrachtet habe. Ich glaube auch nicht mehr an Wunder, an Weltwunder schon gar nicht. Ich habe die meisten Geschichten vom 68er Jahr vergessen, die politischen und die privaten.
Ich weiß schon, daß 68 das wahrscheinlich wichtigste Jahr in unserer jüngeren Vergangenheit war, aber wenn mich einer nach meinen Erinnerungen fragt, dann müßte ich sagen: Kaiser Franz Joseph, Tadsch Mahal, Un Crapaud, eine Kröte.
Ich werde mich hüten, das zu sagen!

## *Biggi, ich dich grüße!*

Mein Gott, laß die Mädchen, unsere Schwestern, wohlgebildet, lachend und fein gekleidet sein . . .« Das hab nicht ich geschrieben, Gott bewahre. Das steht unter »Gebete für den Tages- und Lebenslauf« im *Soldaten-Taschenbuch* aus dem siebenundsechziger Jahr. Weiß der Teufel, warum ich das noch nicht in die Mülltonne geworfen habe.
Meine militärische Karriere ist so lächerlich verlaufen, daß ich sie hier mit dem friedlichen, reinen Gewissen eines Pazifisten übergehen kann.
Ich bin zur Artillerie gekommen, weil meine Schulkollegen auch zur Artillerie gingen und wir eine gemeinsame Band hatten, die wir nicht durch eine vorübergehende Ablenkung wie den Militärdienst aufs Spiel setzen wollten.
Nach dem Stiefelputzen haben wir jeden Abend im Kasernenkeller geprobt und geübt, und einmal mußten wir für eine Horde betrunkener Offiziere aufspielen, doch am nächsten Tag durften wir bis

Mittag schlafen, während unsere Kumpels durch blühende Gräser kriechen mußten. Aber das nur am Rande.

Trotz all dieser Merkwürdigkeiten, ja Lächerlichkeiten meiner militärischen Karriere befällt mich wieder dieses unangenehme Gefühl, halb Ekel, halb Angst, beim Blättern im Taschenbuch. Ein Männerbuch, und keine Frau weit und breit, wenn man von diesem schwachsinnigen Gebetsanfang absieht, »Mein Gott, laß die Mädchen, unsere Schwestern, wohlgebildet, lachend und fein gekleidet sein ...«

Die Kirche unserer Siedlung befand sich im Kasernengelände. Kasernenkirche.

Unsere Volksschul-Schlußgottesdienstkirche.

Kommunionskirche.

Maiandachtkasernenkirche.

Sie schalteten die Lichter aus. Alle. Bis auf die Kerzen am Altar. Und das Ewige Licht natürlich. Links hinten. Meerstern, ich dich grüße, dreistimmig, Oh Maria hilf ... dabei bin ich nur deinetwegen da, Biggi.

Rechts sind die Männer gesessen, links die Frauen, in der Kasernenkirche im Vorort von jenem Ort, den sie in den Zeitungen immer die Ringerhochburg nennen. Und du bist rechts gesessen, bei den Männern, bei deinem Vater, Oberstleutnant, was weiß ich. Biggi mit den dunklen Zöpfen ... ich grüße dich . . . ich dich grüße, oh Maria . . . ich meine: Biggi . . . von schräg links hinten grüße ich dich. Ich sitze schräg links hinter dir, wenn du zum Ewigen Licht schauen würdest, kurz nur, für eine Sekunde nur, dann könntest du mich sehen. Spürst du meinen Atem . . . hörst du mich . . . ICH DICH GRÜSSE . . . lauter kann ich nicht!

Ich bin der Erste vor der Türe gewesen, wenn die Maiandacht zu Ende war. Ich bin dagestanden, lässig, so lässig ich konnte, total verkrampft also, zitternd und schwitzend, hab nur auf sie gewartet, und das sollte so aussehen, als würde ich auf nichts warten. Ich dich grüße . . . mit nassen Händen, ganz lässig.

Wozu gehen Offiziere in Maiandachten, ehrlich Herr Oberst oder was auch immer. Ich dich grüße, aber da ist sie auch schon an mir vorbei und im hellblauen VW verschwunden. Weg. Und Alfred, Gott verdamme diesen gottverdammten Alfred, Alfred ist zwischen uns gestanden in jenem Bruchteil der Sekunde, in dem sich unsere Blicke getroffen hätten, möglicherweise.

Ich schwöre, ich habe sie sieben Jahre angebetet, Kasernenkirche, Männerreihe, links hinten. Und sie hat nichts gewußt davon. . . . ich dich grüße. Aber ich war zu feig dazu.

Reinhard kann nichts dafür. Außerdem ist er mein Freund. Im Juni, wir sind wohl gerade 15 oder 16

Jahre alt, trage ich ihn auf den Schultern an ihrem Fenster vorbei. Sie wohnt im ersten Stock, aber sie hat die Vorhänge zugezogen. Im Juli trägt Reinhard mich auf den Schultern am Fenster mit den zugezogenen Vorhängen vorbei. Wir haben uns die Liebe zu Biggi brüderlich aufgeteilt.

Daß sie hinter zugezogenen Vorhängen Liebesbriefe an Paul McCartney geschrieben hat, haben wir Gott sei Dank erst Jahre später erfahren. Eines Tages, Ende Juni, grad noch »seine Zeit«, ist Reinhard mit ihr in die Kirche gegangen. Und zurück. Irgendwann in jenem Jahr hab ich ihm beim Fußballspielen hinter dem Schulgebäude den Arm gebrochen.

Ich glaube heute nicht mehr, daß zwischen den beiden Ereignissen ein Zusammenhang bestanden hat. Wir sind heute noch miteinander befreundet, Reinhard und ich. Von Biggi haben wir nichts mehr gehört.

Sieben Jahre hab ich ihr Gesicht studiert ... in den Fensterscheiben der Schülerbusse, ihr unvergleichliches Glasgesicht.

Sieben Jahre habe ich einen einzigen Satz auf der Zunge gehabt, aber der ist mir nie über die Lippen gekommen. Nie, nie!

Sieben Jahre lang die stummste Liebe der Weltgeschichte, sieben Jahre lang das glühendste Schweigen aller Zeiten.

Und dann ein achtes Jahr, und unsere Blicke haben

sich aus den Augen verloren. Mein Schweigen hat sich auf andere Gebiete zurückgezogen.
Nach dem verflixten siebten Jahr waren alle Sätze zwischen ihr und mir zu Ende geschwiegen.
Ich werde das *Soldaten-Taschenbuch* endgültig unter B wie Biggi in den Müllcontainer werfen.
Ich dich grüße ...

## *Lisa schickt mir eine verschlüsselte Nachricht*

Ich traf Lisa im Lift.
Lisa hatte einen Karton voller Bücher im Arm.
»Würden Sie für mich drücken«, sagte Lisa, »fünfter Stock!«
Ich drückte.
»Grad eingezogen?«
»Grad eingezogen!«
»Ich wohne im sechsten!«
»Aha!«
»So viele Bücher!«
»Das ist erst der Anfang!«
»Ein Haus ohne Bücher ist arm«, sagte ich.
»Hesse«, sagte Lisa, »Stimmt's?«
»Bücher können Freunde sein«, sagte ich.
»Bücher können schwer sein«, sagte Lisa.
Ich verstand sofort und trug den Karton zu ihrer Wohnung.
Und den nächsten Karton.
Und die restlichen.

Lisa unterrichtete Deutsch und Psychologie. Gymnasium.
»Und Sie?«
»Ich schreibe.«
»Darf man was lesen?«
»Später. Später vielleicht!«
Nicht einmal Maria durfte meine Sachen lesen, damals. Ich war auf der Suche. Ich hatte keinen wirklichen Stil, ich schrieb hunderte Seiten, aber lesen durfte sie niemand. Wenn ich Bernhard las, schrieb ich wie Bernhard, wenn ich Böll las, schrieb ich wie Böll. Wenn ich die Tageszeitung las, schrieb ich wie die Tageszeitung. Wenn ich nichts las, schrieb ich nichts. »Aber ich kann ihnen andere Bücher leihen! Böll oder Bernhard oder Arno Schmidt . . .« Lisa hatte sich von ihrem Freund getrennt. Bittere Sache. Mit Tränen und zertrümmertem Lampenschirm und so.
»Kenn ich«, sagte ich, »das kenn ich alles!«
»Irgendwie muß es weitergehen«, sagte Lisa.
»Es wird irgendwie weitergehen!« sagte ich, »bei mir ist es auch weitergegangen . . .«
Wir verstanden uns von Anfang an.
»Ein Haus ohne Bücher ist arm, auch wenn schöne Teppiche seinen Boden und kostbare Tapeten und Bilder die Wände bedecken . . .«
Ich hatte im *Buch der Zitate – 15.000 geflügelte Worte von A bis Z* nachgeschaut. Lisa verdiente ganze Zitate.

»Bücher helfen immer!«
»Bücher können Freunde sein.«
Die Wände in ihrer Wohnung waren kahl, es gab keine Teppiche, jedenfalls am Anfang nicht.
Ich nahm das nächstbeste Buch aus dem nächstbesten Karton. Dann sagte ich: »Gestatten, Jesus von Osaka – ein Freund!« Denn sie hatte Herburgers *Jesus von Osaka* in ihrer Karton-Bibliothek. Ich kannte das Buch. Ich hatte für eine Lokalzeitung eine Zwanzig-Zeilen-Besprechung geschrieben, das heißt: ich hatte den Klappentext ein bißchen umformuliert, das konnte ich ganz gut ... wenn ich Grass las, schrieb ich wie Grass ... wenn ich Klappentext las, schrieb ich wie Klappentext, den Verlagen war das sowieso am liebsten.
... können Freunde sein ...
Lisa griff mit geschlossenen Augen nach einem Buch.
»Gestatten, Tristessa – eine Freundin!«
Tristessa ist ein mexikanisches Mädchen. Heroinkrank. Traurig und schön. Jack Kerouac hat ihre Geschichte geschrieben. Ich hab mir das Buch noch am selben Tag gekauft.
»Ich kann mir vorstellen, Tristessa und mich, wie wir in unserem ehelichen Tollhausbett zwischen Decken und Hunden und Katzen und Kanarienvögeln und Sportflecken auf dem Bettüberzug aufwachen, Schulter an Schulter ...«
Maria fragte: »Was liest du da?«

Ich erschrak und sagte: »Nichts!«
Lisa, Lisa, Lisa!
Wir sahen uns fast jeden Tag im Lift. Irgendwie spürte ich, wann Lisa die Wohnung verließ. Dann verließ auch ich die Wohnung und ging zum Lift.
»Wo willst du hin?«
»Ich schau nach der Post!«
»Die Post kommt in einer Stunde!«
»Vielleicht kommt sie heute früher!«
Im Lift traf ich Lisa.
»Wie geht's, Tristessa?« fragte ich.
»Traurig«, antwortete sie.
Ich fühlte, daß sie Hilfe brauchte. Oder Trost wenigstens. Ein bißchen Zärtlichkeit, Verständnis. Einen Freund eben. »Ich hätte Zeit heute abend . . .«
Am nächsten Morgen lag ein Zettel auf meinem Fußabstreifer.
»Böll/Clown/76«
Das war alles.
Ach ja, eine von den Rosen lag dabei, die ich am Abend mitgebracht hatte. Sie hat mir also die Rose auf den Fußabstreifer gelegt . . . und dabei ist ihr wahrscheinlich dieser Zettel aus der Tasche gerutscht, dachte ich. Sie arbeitet wohl gerade über Böll, und im Institut hätte sie das Buch ausheben lassen und die Textstelle gesucht . . . Clown . . . Seite 76 . . .
Ich hatte die *Ansichten eines Clowns* in meiner

Bibliothek. Sie hätte mich fragen sollen! Dieses Taschenbuch mit dem traurigen Gitarrespieler auf der Titelseite.

Lang nicht mehr gelesen darin ...

Ein paar Sätze sind mit gelbem Leuchtstift markiert ... »Ich bin Clown, offizielle Berufsbezeichnung: Komiker, keiner Kirche steuerpflichtig, siebenundzwanzig Jahre alt . . .« oder dieser: »Ein Clown, der ans Saufen kommt, steigt rascher ab, als ein betrunkener Dachdecker stürzt.«

Ich wollte nie Dachdecker werden. Mein Vater war Dachdecker gewesen. Hatte getrunken und gespielt. Viel getrunken, alles verspielt. Hat nie so richtig gearbeitet, hat es nie bei einer Firma ausgehalten ... »obwohl er das Zeug dazu gehabt hätte«. Er hätte ein guter Dachdecker sein können, wenn er gewollt hätte. Wenn er nicht gespielt hätte ... und getrunken ...

Ein paar Monate vor meiner Geburt haben sich die Eltern scheiden lassen. Mutter hat oft gesagt: ». . . daß du bloß nicht so wirst wie dein Vater!«

»Böll/Clown/76«

». . . grünen Pullover sah sie schön aus«, so fängt die Seite an. Was für eine Stelle sollte das sein, was für ein Zitat für was für eine Arbeit?

Vierte Zeile ... »Wir wollen morgen beim Frühstück noch einmal über alles reden . . .«

Womöglich eine Botschaft, dachte ich. Sicher, eine Botschaft, klar! Lisa schickt mir eine verschlüsselte

Nachricht, typisch Lisa, was für ein Engel Lisa doch ist! »Wir wollen morgen beim Frühstück . . .« Ob das die Nachricht ist? Aber morgen, beim Frühstück . . . was soll ich Maria sagen?

Oder hier! Zweiter Absatz! »›Was willst du eigentlich?‹ – ›Dich‹, sagte ich, und ich weiß nicht, ob man einer Frau etwas Netteres sagen kann.« Ob es das war? Was willst du eigentlich? Dich! Mich? Sicher war es das! »Was willst du eigentlich – dich!«

Ach, Lisa!

Ich lief vor meinen Bücherregalen auf und ab, nahm hier ein Buch heraus, dort eines, blätterte, machte mir Notizen. Ich mußte die passende Antwort finden. Das war unser Spiel! Das Spiel der Belesenen. Wir waren Geliebte quer durch die Literaturen, es war Liebe auf das erste Buch gewesen . . .

Natürlich! Tristessa!

Ich blätterte das Buch durch, dann fand ich die Stelle, meine Stelle, unsere Stelle!

»Kerouac/Tristessa/101«

In Socken ging ich die Treppe hinab, ich wollte nicht, daß sie mich ertappte. Liebesbotschaften brauchen diese Nähe zum Verstohlenen, Liebesbotschaften brauchen das klopfende Herz und die Atemlosigkeit. Ich legte den Zettel auf ihren Fußabstreifer und lief davon.

Maria war vom Einkauf zurückgekommen. Sie

stand grad in der Tür, sie blickte auf meine Socken; sie blickte mir in die Augen, aber sie fragte nichts. Ich wartete voller Sehnsucht auf den nächsten Zettel. Ich wartete auf Lisas Antwort. »Kerouac/Tristessa/101« – es gab nur einen Satz, der in Frage kam. Lisa hatte den Satz gewiß sofort gefunden . . . zweiter Absatz . . . »ich will heute nacht schlafen, wo du schläfst«. Alle zehn Minuten öffnete ich die Wohnungstüre. Keine Botschaft. Dann, neun am Abend vorbei, endlich diese: »Böll/Clown/195«.

Böll . . . Clown . . . Seite 195 . . . »Sie sind Melancholiker?« nein, nein, »macht es Ihnen was aus, wenn ich zwischendurch meinen Nachtisch esse?« auch nicht . . . »er soll mir Geld mitbringen«, was könnte das bedeuten . . . »soviel Geld wie möglich mitbringen . . .«

Wir hatten einfach geplaudert, die vergangene Nacht, wir hatten Wein getrunken, wir hatten uns himmlisch verstanden. Ich hatte ihr nichts von Maria erzählt. Über die Rosen hatte Lisa gelacht. »Die kriegen Sie zurück, jede einzelne!« Lisa war so anders, so unkompliziert. Ihr Freund . . . also ihr Ex-Freund hieß Frido, und mit ihm hatte sie immer dieses Spiel gespielt . . . geheime Botschaften, Sätze aus irgendwelchen Büchern und so.

Ich war spät nach Hause gekommen. Maria hatte schon geschlafen. »Soviel Geld wie möglich mitbringen« . . . und das auf meine Botschaft »Ich will

heute nacht schlafen, wo du schläfst« ... nein, das konnte es nicht sein. Seite 195 ... da! »Gebadet habe ich schon, und beten kann ich nicht!« Das war es, tausendprozentig, das war es!
Ich sagte Maria, ich müsse noch weg. Ich zog die Türe hinter mir zu, mein Herz klopfte mir im Hals. Lisa war nicht daheim. Oder öffnete nicht.
»Gebadet habe ich schon, und beten kann ich nicht« ...
»Das ging aber schnell«, sagte Maria.
»Es ist so kalt draußen«, sagte ich.
»Sie sollten beten und ein Bad nehmen« ... vielleicht hatte sie das gemeint ... »Ich will heute nacht schlafen, wo du schläfst« ... und Lisa ... »Sie sollten beten und ein Bad nehmen.«
Ich nahm ein Bad und ging schlafen.
Eine ganze Woche verging. Eine ganze Woche ohne Lisa und ohne geheime Botschaften.
Sicher war sie sauer auf mich. »Ich will heute nacht schlafen, wo du schläfst« ... und das, wo wir noch per Sie waren! Ich kannte mich selbst nicht wieder. Kerouac hatte das geschrieben, und ich hatte ihn abgeschrieben.
Ich lief wie ein nervöses Tier vor meiner Bücherwand auf und ab und sammelte Sätze für die Fortsetzung unserer Liebe.
»Arno Schmidt/Leviathan/124« ... »Sie nahm mein Ohr in den Mund und flüsterte Gesetzloses, bis wir es taten« ... »Dylan Thomas/Milchwald/

279« . . . »Wach auf, du Mädchen. Ich bin dein Geliebter, der in der Nacht gekommen ist . . .«
Lisa lachte mir fröhlich entgegen.
»Wie geht's, Jesus von Osaka?« fragte sie.
»Wieso Jesus von Osaka?« fragte der Mann neben ihr im Lift.
»Einfach so«, Lisa lachte. »Das ist Frido!«
Frido hatte einen Karton voller Bücher im Arm.
Die beiden sahen glücklich aus.
Es ist also irgendwie weitergegangen, dachte ich.
Gebadet hatte sie schon . . . beten konnte sie nicht . . . aber wahrscheinlich ist genau zu diesem Zeitpunkt Frido zurückgekehrt!
Wahrscheinlich ist mir eine Menge Ärger erspart geblieben.
Wahrscheinlich hatte mich nur dieses Spiel so dermaßen aus der Kontrolle gebracht.
Wahrscheinlich hätte sie mich ausgelacht, früher oder später.
»Ist was?« fragte Maria.
Ich sah wohl ziemlich mitgenommen aus. Ich mußte das erst verdauen . . . Lisa hatte unsere Liebe beendet, wie man ein Buch zuklappt, nach der dritten Seite!
Ich zog mich in mein Zimmer zurück und trank eine halbe Flasche Gin. Ich soll ein Buch zum Fenster hinausgeworfen haben.
Es wäre ein schönes Spiel geworden. Ein Spiel für kultivierte Liebhaber. Von Stockwerk zu Stock-

werk, quer durch die Bücher. Uns wären nie die Sätze ausgegangen, nie!
Und jetzt war alles vorbei. Es war, als wäre mir die Idee zu einer guten Geschichte entfallen, einfach so, über Nacht.
Ich soll sehr laut Musik gespielt haben . . . immer wieder Tom Waits, diese schwarzen Balladen . . . die Nachbarn hätten sich aufgeregt . . . »auch die von unten, die erst kürzlich eingezogen ist, du weißt schon«, sagte Maria.
»Ich weiß gar nichts«, sagte ich.
»Nette Person«, sagte Maria.
»Weiß nicht, von wem du sprichst!« Ich hatte Kopfweh. Wenigstens wieder Kopfweh, und nicht dieses sinnlose Komplikations-Klopfen im Herzen.
Ich wollte an die frische Luft. Auf dem Fußabstreifer lag ein Zettel . . .
»Kerouac/Tristessa/49«
»Suchst du was?« fragte Maria. Sie sah, daß ich was suchte, aber sie fragte trotzdem.
»Ich suche ein Buch«, antwortete ich ziemlich gereizt.
»Übrigens, dieses Buch hast du in der Nacht beim Fenster hinuntergeworfen!«
Maria legte das Buch auf meinen Schreibtisch.
Tatsächlich – Kerouac . . . *Tristessa* . . .
»Nein, ich suche ein anderes«, sagte ich und blätterte mich hastig zur Seite 49 durch.

Da! Die Nachricht ... mit Leuchtstift markiert ...
»Was führst du dich denn hier wie ein Clown auf, du Clown?«
»Die Clowns und die Dachdecker ... weißt du ... die habens beide nicht leicht. Ich wollte kein Dachdecker werden. Bin ich halt ein Clown geworden. Oder so was ähnliches. Nichts Besonderes ... obwohl ich das Zeug dazu gehabt hätte ...«
»Ich weiß«, sagt Maria und nimmt mich in ihre Arme.

## *Julia –*
## *Tänzerin mit dem Tablett*

Ich weiß nicht mehr, was zuerst da war: die Bücher des Peter Altenberg oder meine Liebe zum Bedienungspersonal.
Ich verschlang seine Geschichten von den Hotelstubenmädchen und den Sitz-Kassierinnen in den Wiener Kaffeehäusern und setzte mich in die Cafés meiner eigenen Stadt. Ich las mit einem warmen Gefühl im Bauch von den Annas und Marien von damals und lächelte mit einem warmen Gefühl im Bauch den Mariannen und Brigitten von heute zu.
Wenn mich einer sucht – ich bin bei ihnen. In irgendeinem Kaffeehaus werdet ihr mich schon finden. Wenn es dringend genug ist. Sonst möchte ich, bitte, nicht gestört werden.
Ich weiß, wo Frau Martha ihre Urlaubsbräune herhat.
Ich kann die Seufzer von Fräulein Anni unterscheiden – den Seufzer, wenn sie von Martin, ihrem Buben erzählt, der bei den Großeltern aufwächst,

den sie nur einmal im Monat sehen kann . . . den Seufzer, wenn sie von ihrem früheren Mann erzählt, der kein guter Mensch gewesen ist . . . den ganz gewöhnlichen Seufzer, wenn sie auf meine ganz gewöhnliche Frage mit einem kleinen Lächeln antwortet: »Wie's halt so geht!«

Der Maria schenke ich einen Strohstern zu Weihnachten. Der Jutta schenke ich am Neujahrstag ein Marzipan-Kleeblatt. Dem Fräulein Inge schenke ich einen Osterhasen aus weißer Schokolade. Oder umgekehrt, je nachdem, wer mich an diesem Tag gerade bedient.

»Bedient« ist kein gutes Wort. »Betreuen« vielleicht. Ich brauche Betreuung . . . jedenfalls mehr als Bedienung. Ich brauche treue Seelen – und versuche selbst eine zu sein.

Ich bewundere die Eleganz ihrer Bewegungen. Mehr als ich die Grazie der bezahlten Tänzerinnen bewundere! Wäre ich ein Bildhauer geworden, ich würde Kellnerinnen mit Serviertablett schaffen, immer wieder, immer wieder neue. Ich würde Mariannen und Brigitten schnitzen, wie die anderen die Fonteyn schnitzen oder die Pawlowa als sterbenden Schwan.

Julia hatte zwei Kinder. Julia hatte keinen Mann. Ich kam jeden Morgen, und ich kam jeden Abend. Am Morgen ein kleiner Kaffee, am Abend ein Schluck Wein. Julia betreute mich wie einen Freund. Oder wie ein Kind. Am Morgen machte sie mir Mut. Am Abend gab sie mir Trost. »Morgen! Morgen wird es klappen!« Wenn ich wieder einen abschlägigen Brief von irgendwoher erhalten hatte.

Einen kleinen Braunen – mit Mutmachen, bitte!

Ein Glas Wein – mit all dem Trost, den Sie noch übrig haben . . .

Eines Abends, kurz vor der Sperrstunde – die anderen waren bereits gegangen – erzählte mir Julia von ihren Kindern und von dem Mann, der sich seit langem nicht mehr blicken ließ. Ich hatte keine Wörter zum Mutmachen. Und keine für einen Trost, der über Nacht anhält. Julia seufzte genauso, wie das Fräulein Anni seufzte. Das heißt: um zweihunderttausend Schilling Schulden schwermütiger. Die Schulden hatte der Mann hinterlassen. Julia wußte nicht mehr ein und aus, seit Wochen schon, aber sie hatte sich nichts anmerken lassen, hatte bedient und betreut, anmutige Tänzerin mit dem Tablett.

Sie zahlten ihr den Mindestlohn. Und eine Umsatzbeteiligung. Aber das Café war die halbe Zeit leer.

Am nächsten Morgen trank ich zwei Kleine Braune.

Am Abend ein Viertel und ein Achtel Wein.

Am übernächsten Morgen: zwei Kleine Braune und ein Tonic, am Abend: zwei Viertel.

Am dritten Abend war ich betrunken.

Julia hatte mich nach dem fünften Achtel sanft und liebevoll ermahnt. Aber ich ließ mich nicht aufhalten. Schließlich trank ich für sie. Wenn ich schon sonst nichts tun konnte – wenigstens an meinem Rausch sollte sie verdienen. Zweihunderttausend Schilling Schulden . . . ich meine, wenn jeder mitgetan hätte . . .
Julia brachte mich zur Kaffeehaustüre, dann seufzte sie, als hätte sie jetzt auch noch für mich die Verantwortung.
Ich wohnte gleich um die Ecke. Ich kam irgendwie nach Hause, und am nächsten Tag kehrte ich zu meinen gewohnten Rationen zurück.
Julia hat es geschafft, ich weiß nicht wie, aber sie hat es geschafft.

Claudia und ich haben sie zufällig getroffen. Das ist auch schon wieder eine Ewigkeit her. Julia hat gelächelt. »Alles in Ordnung«, hat sie gesagt. Wir haben von früher geredet, ein paar Sätze. Sie ist schon lange nicht mehr im Gastgewerbe tätig.
»Ich werde das nie vergessen«, sagte Julia, »Sie, der ernste Mann, der immer nur ganz still an seinem Tisch saß und in Notizhefte schrieb . . . und dann dieser gewaltige Rausch!« Dabei lachte sie. »Heute verträgt er mehr«, sagte Claudia, und ich fand diesen Satz ziemlich unpassend.
Wenn ich heute in eine fremde Stadt komme, gehe ich immer zuerst in die Kaffeehäuser und Gaststät-

ten, bestelle mir einen Kleinen Braunen oder einen Schluck Wein, je nachdem. Dann schaue ich den Kellnerinnen zu, den Annas und Marien, wie sie das Serviertablett beladen, wie sie an ihrer Zigarette ziehen in den Pausen zwischen zwei Bestellungen, wie sie zum Fenster hinausblicken, wenn draußen, mitten durch den Regen, ein Flugzeug in den Urlaubshimmel tänzelt.

## *Charlotte*
## *oder*
## *Ein Sternenhimmel riecht nach alten Socken*

Das Buch *Pesthauch und Blütenduft – eine Geschichte des Geruchs* hab ich mir erst vor ein paar Jahren zugelegt. Ich wollte damals eine Geschichte über das Riechen schreiben, aber da hatte ein anderer gerade seine Geschichte vom *Parfum* geschrieben.

Meine Geschichte wäre ganz anders geworden. Sie hätte in der Wohnung von Ingeborg begonnen. Oder auf dem kleinen Balkon, der zu Ingeborgs Wohnung gehörte. Von Ingeborgs Balkon aus hatte man einen wunderschönen Blick auf den alten Stadtfriedhof, auf dem ziemlich berühmte Männer und Frauen begraben sind. Unter Ingeborgs Wohnung war ein chinesisches Restaurant. Ich sitze also auf ihrem Balkon, ein lauer Sommerabend, ich trinke französischen Wein und schaue auf den alten Friedhof. Die letzten Sonnenstrahlen ziehen sich hinter die schwarzen Schmiedeeisenkreuze zurück . . . und aus dem China-Restaurant treiben Duftschwaden in meine Nase – Morcheln, Tabasko, Honigmandeln ...

Ich weiß nicht mehr, wie die Geschichte weitergegangen wäre, es kam mir damals auch eher auf die symbolhafte Vermischung der beiden Ebenen an – dort der Friedhof, da der Duft aus der Küche, und dazwischen, auf Ingeborgs Balkon – ich. Welche Rolle Ingeborg gespielt hätte, kann ich heute nicht mehr sagen.

Auf einem vergilbten Notizblatt, das seit damals an meiner Pinwand für die großen Einfälle hängt, steht nur: »Ingeborg – Gerüche in drei Szenen ... Friedhof, China-Restaurant, Balkon ... eventuell Komödie?«

Ich kaufte mir *Pesthauch und Blütenduft – eine Geschichte des Geruchs,* in dem unter anderem die Fäulnistheorie des deutschen Wissenschaftlers Johann Joachim Becher aus dem Jahre 1669 abgehandelt wird, der damals schon erkannt hatte, daß die Fäulnis aus der Mobilität der von ihren Fesseln befreiten Moleküle in den Gedärmen resultiere ... und daß dem verfaulenden Körper als Gegenreaktion zur Fäulnis balsamische Substanzen zugeführt werden müßten, warme, ölige, aromatische Stoffe, wie ja schon der alte Hippokrates veranlaßt hatte, die Pest mit Wohlgerüchen zu bekämpfen. Ich hätte also, vermute ich jedenfalls, in meiner Geschichte mit dem Titel »Ingeborg, eine Komödie?« Fäulnis und Wohlgeruch, Friedhof und China-

Restaurant in Beziehung gesetzt, also Verderben und Genuß, Lust und Leiden, Tod und Leben.
Da ich auch das Kapitel »Die Parfüms der Intimität« im Inhaltsverzeichnis des Buches *Pesthauch und Blütenduft – eine Geschichte des Geruchs* mit rotem Stift dick markiert habe, nehme ich an, daß meine Geschichte damals auch eine irgendwie erotische Facette erhalten sollte, obwohl zwischen mir und Ingeborg nie irgend etwas gelaufen ist. Wir waren immer nur gute Freunde, das ist alles. Es hat mich ja auch der Blick von ihrem Balkon zu dieser nie geschriebenen Erzählung inspiriert und nicht ihr Blick.
Im Kapitel »Die Parfüms der Intimität« wird der französische Forscher Auguste Debay zitiert, der geschrieben hat: »Der zarte Majorangeruch, den die Jungfrau aushaucht, ist lieblicher, berauschender als alle Parfüms von Arabien!«
Eine Jungfrau, ein Friedhof, ein China-Restaurant. Ich glaube, die Geschichte hätte ganz spannend werden können. Aber dann kam dieser Wahnsinns-Erfolg des Buches *Parfum*, das leider nicht von mir war, und ich hielt es für unter meiner Würde, mit meiner Erzählung nachzustoßen, obwohl sie mit dem Erfolgsbuch nichts gemeinsam gehabt hätte. »Ingeborg, eine Komödie?« ist Fragment geblieben, ein Geruchsfragment, und manchmal, wenn ich in einem chinesischen Restaurant sitze, fällt mir der alte Stadtfriedhof ein. Und wenn

ich über Friedhöfe gehe, steigt mir der Duft von Honigmandeln und Nummer 78 in die Nase, »Acht Schätze« ...

Ich glaube, die wichtigsten Geschichten haben alle mit Gerüchen zu tun. In jedem Geruch steckt eine Tragödie, ein hübscher Spaß, je nachdem. Eine Prise von diesem Duft genügt, und es ist haargenau wie damals. Ich hab den Geruch von Katzenscheiße in der Sandkiste für alle Zeiten in mir, seit meinem dritten Lebensjahr. Wenn mich einer nach meinen ersten Erinnerungen an diese Welt befragt – es sind die Erinnerungen an Katzenscheiße in der Sandkiste, an den Duft von Katzenscheiße in der Sandkiste. Graue Pullover riechen immer nach einem in Fäulnis begriffenen Mannschaftssaal in einer Bundesheerkaserne. Ein blauer Sommerhimmel riecht nach dem alten Motorradschlauch meiner ersten Schwimmversuche im Wallersee.

Ein Regenhimmel riecht nach diesem verkommenen Hotel in Lignano, 72, September, Olympische Spiele in München. Wir hatten Gott sei Dank das Transistorradio mit. Eine Woche lang Regenhimmel, aber wenigstens die Berichte aus München im Radio, von den Wettkämpfen und von Mark Spitz, den Marlies so verehrt hat, und vom Terrorüberfall aufs Quartier der israelischen Mannschaft und all diese Dinge. Das fällt mir beim Geruch eines Regenhimmels ein.

Ein Sternenhimmel riecht nach alten Socken.

Mit Charlotte war das gewesen, bevor sie Frau Doktor wurde.
Sternennacht. Ein Hotel in Villach. Der Himmel ein Lichtermeer.
»Da . . . der Große Bär!«
»Und da . . . Cassiopeia!«
»Ich liebe dich!«
»Und ich liebe dich!«
»Tausend Lichter über uns!«
»Und tausend Lichter unter uns! Die ganze Stadt ist ein Lichtermeer. Ein Strahlenkranz.«
»Ja genau, ein Strahlenkranz! Hinter jedem Fenster ein Strahlenkranz! Die Leuchtkäfer rasten in den Fenstern aus, bevor sie in die anderen Städte fliegen. Nach Süden, weiter nach Süden . . .«
»Das hast du schön gesagt.«
»Hinter jedem Leuchtkäferfenster eine Liebesgeschichte.«
»Tausend kleine Liebesgeschichten!«
»Und nun kommt unsere dazu! Ich geh jetzt ins Badezimmer . . .«
»O ja, ich paß inzwischen auf die Leuchtkäfer auf.«
»Tu das, Liebster!«
Es war ein Hotelzimmer wie ein anderes auch. Die Betten im rechten Winkel zueinander, familienfreundlich.
Es war ein verdammt heißer Tag gewesen. Immer auf den Beinen. Um vier Uhr früh hatte Charlotte mich am Bahnhof abgeholt, dann waren wir in

ihrem Auto in den Süden gefahren. Von einer Kirche zur anderen, weil sie nach unbekannten Freskenmalereien suchte, für ihre Doktorarbeit. Ich suchte mit ihr. 33 Grad im Schatten, mindestens. Ich war die halbe Nacht im Zug gesessen, und auch den Tag davor war ich ziemlich unterwegs gewesen und war dann nicht mehr nach Hause gekommen, um mich umzuziehen. Wir wollten uns auch nur kurz am Bahnhof treffen, von vier Uhr früh bis zum Sonnenaufgang, bis zum nächsten Retourzug, einfach so, Hand in Hand vor einem vergammelten Bahnhofsgebäude, den Blick in die ersten Sonnenstrahlen gerichtet. Dann wäre ich zurückgefahren und hätte mich hingelegt.

Charlotte begrüßte mich mit einem langen Kuß und dieser Idee: Ich sollte mitfahren, zweihundert Kilometer in den Süden, sie sei den gesuchten Fresken heiß auf der Spur. Am Abend wären wir wieder zurück, und dann bringe sie mich zum Nachtzug. Mit mir gemeinsam vor diesen Fresken zu stehen, das wäre das Schärfste, das wäre der einsame Höhepunkt ihres bisherigen Lebens. Also fuhren wir.

Wir fanden tatsächlich die Fresken in einer verfallenen alten Dorfkirche irgendwo in der Toskana, nachdem wir uns die Füße heiß gelaufen hatten. Meine Füße brannten höllisch. Meine Füße kommen schnell ins Schwitzen. Wir saßen ziemlich lange in diesem hübschen Straßen-Café. Jedenfalls

war der Nachtzug schon abgefahren, als wir nach Villach zurückkamen.
Wir nahmen uns ein Zimmer im nächstbesten Hotel. In diesem da. Mit Blick auf den Sternenhimmel und die beleuchtete Stadt.
»Ich geh jetzt ins Badezimmer«, sagte sie.
»Ich paß inzwischen auf die Leuchtkäfer auf«, sagte ich.
Sie hatte ihre kleine Reisetasche mit. Ich hatte nichts dabei, absolut nichts. Ich wollte ja auch bloß ankommen, die Sonne aufgehen sehen und mit dem nächsten Zug zurückfahren.
Das war also unsere erste gemeinsame Nacht. Ich lüge; unsere zweite. Aber die erste Nacht, bei mir zu Hause, war die von Bruder und Schwester gewesen. Und dann die Schlacht mit den Dutzenden Stechmücken. Ich wohnte damals nahe am Fluß. Und jetzt war sie im Badezimmer, und über allem: dieser Sternenhimmel . . .
»Da . . . der Kleine Wagen . . .«
Charlotte roch nach Jasmin oder Flieder, ich konnte diese Düfte nie auseinanderhalten . . .
»Und da . . . der Polarstern!«
»Ich geh jetzt ins Badezimmer«, sagte ich.
»Bis gleich«, sagte sie.
Lieber Gott, meine Socken stinken. Ich weiß es. Ich kenne meine Füße! Lieber Gott, ich hab nur dieses eine Paar. Und die Schuhe muß ich ausziehen, ich kann ja nicht mit den Schuhen ins Bett

gehen. Lieber Gott, laß den Geruch an mir vorübergehen. Ist das so viel verlangt?
Wo soll ich sie denn hintun, die Socken, das Zimmer ist doch so klein. Ich mache die Badezimmertüre auf, und ihr Flieder ist in einer Zehntelsekunde verdampft in meinem Sockenparfüm, 33 Grad im Schatten. Wie sollte ich auch ahnen . . . lieber Gott, mach alles ungeschehen – ich meine das mit den Socken. Bitte!
Ich öffne das Badezimmerfenster. Es ist immer noch heiß draußen. Die Luft steht, kein frischer Hauch kommt von draußen herein. Ich muß die Schuhe ausziehen. Vielleicht ist es gar nicht so arg. Sicher bilde ich mir das nur ein!
Im Gegenteil. Es ist schlimmer!
Ich hab nicht einmal eine Tasche bei mir, in der ich sie verstecken könnte. Lieber Gott, am liebsten wär ich tot.
Gott führt mich ans Fenster.
Ich soll doch nicht . . .?!?
»Los, hinunter!« sagt Gott.
»Oh Gott, warum hast du mich verlassen«, sag ich.
»Red keinen Unsinn, hinunter!«
Dabei hätte es erst begonnen, denke ich. Cassiopeia, ich komme! Jetzt ist alles aus. Ciao, Charlotte . . .
»Dummkopf!« sagt Gott.
»Kommst du?« fragt Charlotte mit ihrer Jasminstimme hinter der Badezimmertüre.

»Also, mach schon!« sagt Gott.
Die Socken liegen wohl heute noch auf dem Vordach des Hotels. Charlotte hat ein Jahr später ihren Doktor gemacht. Dann war es aus zwischen uns. Ich denke kaum noch an sie. Höchstens bei 33 Grad im Schatten, oder beim Blättern in diesem Buch – *Pesthauch und Blütenduft – eine Geschichte des Geruchs* . . . oder wenn in einer Sternenhimmelnacht jemand sagt: »Da . . . Cassiopeia!«

## *Claudias »Brautführer«*

Du verläßt mich also, kleine Katze.«
»O ja.«
»Und warum? Ich kapier's nicht, ich kapier's einfach nicht!«
»Hat ja doch keinen Sinn.«
»Erklär mir's! Hab ich dir nicht alles gegeben, war *ich* es nicht, der dich dazu gebracht hat, mit der Arbeit aufzuhören, zu studieren . . . hab *ich* nicht immer gesagt: mach das, was dir wichtig ist, arbeite an dir selbst, ich verdiene gut genug . . . hab *ich* nicht . . .«
»O ja.«
»Und trotzdem?«

Claudia hat alle ihre Bücher mitgenommen. Und ein paar von den meinen. Ich hab sie ihr überlassen. Ich hab gesagt: »Nimm mit, was du mitnehmen willst. Nimm alles mit. Und überleg's dir noch einmal . . .«

Warum gerade dieses Buch? Warum hat sie das nicht mitgenommen? Warum hat sie das zurückgelassen – *Salzburger Brautführer*?! Auf den Hochzeitsfotos hat Claudia das Buch in den Händen. Die Hochzeitsfotos hat sie auch zurückgelassen. Sie hat das Buch in den Händen, aufgeschlagen, sie tut so, als würde sie lesen, ich stehe neben ihr, schau in das aufgeschlagene Buch, tu so, als würde ich lesen, vielleicht gerade den Brief von Goethe an Christiane Vulpius, im Lager bei Verdun, am 10. September 1792 geschrieben. Oder Christianes Brief an Goethe vom 6. Oktober 1799 . . . oder: ich Goethes Brief und sie Christianes Brief. Aber wahrscheinlich haben wir gar nichts gelesen, unsere Blicke haben sich auf der Werbeeinschaltung mit den Herzlichen Glückwünschen des Tapetenfachgeschäftes getroffen ... »Herzliche Glückwünsche entbietet Ihnen Ihr Tapetenfachgeschäft! Bringen Sie bei Ihrem Besuch Ihren *Salzburger Brautführer* mit, dieser gilt bei uns als Kundenausweis!« Wir haben weder Goethes Brief an Christiane Vulpius noch Christianes Brief an Goethe gelesen und auch nicht den von Grillparzer an Katharina Fröhlich oder von Bismarck an seine Braut Johanna von Puttkamer, wie sie alle im *Salzburger Brautführer* abgedruckt sind neben den Fachartikeln zum Thema »Zeugung-Schwangerschaft-Geburt« oder zum Thema »Der richtig gedeckte Tisch«. Wir haben so getan, als würden wir

lesen, wie wir in der letzten Zeit so getan haben, als würden wir uns noch lieben.
Vielleicht habe ich es nicht weggeworfen wegen der praktischen Tips im letzten Kapitel. Das wird es nämlich sein, ich habe den *Brautführer*, unseren, das heißt deinen *Brautführer* nicht in tausend Stücke gerissen, wie ich die Hochzeitsfotos, die du zurückgelassen hast, in tausend Stücke zerrissen habe, bis auf ein paar, bis auf ein paar Dutzend ... ich habe das Buch aufbewahrt wegen der praktischen Tips im letzten Kapitel. Wie entferne ich Flecken? So ein Buch muß man einfach aufbewahren, so ein Buch wirft man nicht lieblos weg, so ein Buch läßt man nicht gedankenlos zurück. So ein Buch wächst einem irgendwie ans Herz, wegen der guten Tips. Bier zum Beispiel ... hast du gewußt, daß man Bierflecken mit einer kalt angerührten Mischung von Seifenrinde und Wasser aus farbigen Wollstoffen entfernen kann ... oder daß man Fliegenschmutz mit Schlämmkreide und Spiritus vom Fensterglas wegkriegt und Tinte mit Tomatenscheiben von Teppichen?
Die allerletzten Seiten sind alle leergeblieben, die vorgedruckten Spalten nach dem Kapitel über die Namensgebung der Kinder. Unser Kind – Name ... und dann die punktierte Linie, geboren am: nichts ... um ... nichts ... in ... nichts ... Geburtsgewicht – punkt-punkt-punkt ... Großeltern ... nichts ... väterlich, mütterlich ... weiße

Flecken . . . Hebamme . . . null . . . Mutter, Vater . . . gähnende Leere.
»Die Entwicklung der Sinne«, sollte das heißen, aber ich habe den Satz durchgestrichen und stattdessen hingeschrieben: »Sinnlose Entwicklung« . . . im 1. Monat – SINNLOS, im 2. Monat – IMMER NOCH . . . Und in die kleinen Kästchen »Trinkmenge pro Mahlzeit« hab ich die Trinkmenge pro Mahlzeit vermerkt, drei Viertel Wein, zwei Bier, drei Sliwowitz . . . und keine Milligramms und keine Milcheinheiten . . . drei Viertel am 1. Tag . . . und so weiter, bis zum 61. Tag, dann ist es mir wohl zu dumm geworden . . . oder hab ich da Gabriele kennengelernt? Gabriele kann man nicht mit Claudia vergleichen. Irgendwie kann man niemanden mit Claudia vergleichen.
Ich bewahre den *Brautführer* wegen der praktischen Tips im letzten Kapitel auf . . . wie mixe ich einen Kognak-Fizz . . . oder einen Portwein-Flip . . . einen Sherry-Cobbler . . . oder eine Prärie-Auster . . . wie helfe ich mir bei einer Seidelbast-Vergiftung . . . und wie, wenn mich eine tollwütige Katze beißt . . . wann hätte Michael Namenstag . . . und wann Alexandra . . . oder wären das Sara und Konstantin gewesen . . . wie lade ich richtig ein . . . was mache ich, wenn unerwartet Gäste kommen . . . Claudia zum Beispiel . . .

*Schreib weiter,*
*sagt Maria,*
*es fehlen noch ein paar!*

Warum nennst du mich eigentlich Maria«, fragt Maria beim Frühstück, »ich heiße doch gar nicht Maria.«
»Was meinst du damit?« frage ich.
»Warum du mich Maria nennst! Zu Ingeborg sagst du ja auch Ingeborg, oder?«
»Entschuldige, welche Ingeborg?«
»Na, Ingeborg! Balkon, Blick auf den Stadtfriedhof, China-Restaurant. Das hast du ja alles ziemlich genau beschrieben!«

Maria hat also meine Notizen gelesen!
»Du glaubst doch nicht«, sage ich, »daß die Maria ... daß diese Maria ... also daß du das bist?!!«
»Ach, nicht?«, sagt Maria.
»Bitte, das ist reine Phantasie! Das sind Geschichten, und in Geschichten kommen Menschen vor, und Menschen müssen Namen haben.«
»Ingeborg, zum Beispiel«, sagt Maria.

»Ich nehme immer die Namen, die mir gerade einfallen.«
»Natürlich. Hast du Biggi sehr verehrt?«
»Ich habe ein Mädchen verehrt in meiner Schulzeit. Aber das ist auch schon alles. Ich weiß nicht einmal, ob sie Biggi geheißen hat. Punkt.«
»Und Claudia? Claudia hast du sehr geliebt, stimmt's?«
»Bist du eifersüchtig?«
»Und wenn es so wäre?«
»Du bist auf Kunstfiguren eifersüchtig, hörst du, auf Kunstfiguren! Auf Menschen, die es gar nicht gibt! Die nur in meiner Phantasie vorkommen, verstehst du?«
»Charlotte – ist das Britta?«
»Also, Charlotte ist weder Britta noch sonstwer, Charlotte ist Charlotte. Charlotte gibt's nur auf dem Papier! Aber wenn dir das unangenehm ist ... ich meine, ich hör sofort auf damit, ich schmeiße den ganzen Krempel weg.«
»Schreib weiter«, sagt Maria, »es fehlen noch ein paar.«
»Was meinst du damit?« frage ich.
»Daß noch ein paar fehlen«, sagt Maria, »die Frau Brödl zum Beispiel.«
»Welche Frau Brödl zum Beispiel?«
»Ich nenne sie auch nur Frau Brödl«, sagt Maria. »Du weißt schon, wie sie in Wirklichkeit heißt! Würde mich ziemlich interessieren, welche Bücher

dir zu ihr einfallen. *Spiele der Erwachsenen?* Habe ich recht?«

»Hab ich mir selbst gekauft!«

»Oder die *Liebesgedichte* von Erich Fried . . . hat sie dir nicht die *Liebesgedichte* von Erich Fried geschenkt? Damals in Hamburg?«

»Hannover! Außerdem kenne ich keine Frau Brödl! Basta! Und ich werde keine Zeile über sie schreiben!«

## *Konstanze, Marcuse und die anderen*

Kein Mensch hat je erfahren, daß *ich* das war! *Ich* hatte die Flugblätter aufgelegt. *Ich*!
Ich las damals Marcuse, Herbert Marcuse, wenn sich jemand erinnern kann. *Versuch über die Befreiung*, edition suhrkamp 329, blaugrüner Einband, weiße Schrift.
Ich habe immer schon, in allen Büchern, alle mir beim Lesen wichtig erscheinenden Sätze unterstrichen, mehrfarbig meist. In *Versuch über die Befreiung* von Herbert Marcuse gibt es fast keinen Satz, fast keine Zeile, die ich nicht unterstrichen hätte. Gleich den ersten Satz im Vorwort habe ich unterstrichen: »Die wachsende Opposition gegen die weltweite Herrschaft des korporativen Kapitalismus sieht sich der ungebrochenen Macht dieser Herrschaft gegenüber!« Und so weiter . . . »Verweigerung einer repressiven Bürokratie«, und vor allem: »Die Große Weigerung nimmt verschiedene Formen an!« Grün unterstrichen.

Den halben Juli hatte ich im Schwimmbad verbracht. Auf dem Bauch liegend, Marcuse lesend, *Versuch über die Befreiung*, das Kapitel über die »Kategorie der Obszönität«.
Eines Nachmittags kam Giovanni mit diesen Flugblättern. Aufruf zur Abschaffung des österreichischen Bundesheeres! Ich war Feuer und Flamme. Wir saßen auf nassen Badetüchern und schafften das Bundesheer ab, alle Bundesheere dieser Welt. Aber beginnen wollten wir mit dem österreichischen.
Im Juli vor diesem Juli waren wir noch dumpf auf den Bäuchen gelegen, weiberschauend. Das war jetzt anders. Jetzt spielten die Mädchen keine Rolle mehr, jedenfalls nicht bei unseren nachmittäglichen Verschwörungen zur Abschaffung des Bundesheeres. Giovanni ging noch in die Schule, ich hatte das Bundesheer schon hinter mir. Es hätte mir egal sein können, ich hätte diesen traumhaften Sommer genießen können wie die Sommer zuvor. – Es war mir aber nicht egal. Ich las damals Marcuse.
»Obszönität ist ein moralischer Begriff im Wortschatz des Establishments«, hatte er geschrieben, *Versuch über die Befreiung*, Seite 22, blau unterstrichen, ». . . im Wortschatz des Establishments, das ihn mißbraucht, indem es ihn anwendet, und zwar nicht auf Ausdrucksformen seiner eigenen Moralität, sondern auf die einer anderen.« Das ist

vielleicht nicht grad Marcuses bester Satz, und bei 32 Grad im Schwimmbad läuft alles ein bißchen langsamer, aber den nächsten Satz, den haben alle kapiert, den haben wir aufs Flugblatt gedruckt: »Nicht das Bild einer nackten Frau, die ihre Schamhaare entblößt, ist obszön, sondern das eines Generals in vollem Wichs, der seine in einem Aggressionskrieg verdienten Orden zur Schau stellt!« Das war unser Satz! Das war der wichtigste Satz, der je geschrieben wurde, keine Frage. Der Satz geht mir auch heute noch durch und durch, wenn ich ihn lese, blau unterstrichen in diesem Büchlein, das auch schön langsam auseinanderfällt. War das ein Juli! Marcuse interessierte uns verdammt mehr als Bikinimädchen, mich jedenfalls – und Giovanni. Mehr als die Etappen-Ergebnisse der Tour de France.

Wir waren immer nur herumgelegen, Juli für Juli, hatten in Micky-Maus-Heften geblättert und die Radiohitparaden gehört, und so schlichen die Sommer zäh und heiß an uns vorbei. Wenn ich ans Schwimmbad denke, überfällt mich heute noch dieses Gefühl von bodenloser Trägheit, ein Gefühl als würde man stundenlang versuchen, die Augenlider in Zeitlupe zu öffnen und zu schließen. Einmal hat sich mein Freund Anton aus lauter Langeweile und aus Liebe zur Schlagersängerin Vicky Leandros mit einer Glasscherbe deren wirklichen Namen in den Arm geritzt. Und der lautet immerhin: VASSILIKY PAPATHANASSIO oder so ähnlich.

Jetzt war das alles anders. Im Schwimmbad wird das Bundesheer abgeschafft. Und Marcuse liefert uns den Über-Satz dazu! »Nicht das Bild einer nackten Frau ist obszön, sondern das eines Generals in vollem Wichs, der seine in einem Aggressionskrieg verdienten Orden zur Schau stellt!«

Marcuse war mir damals um Häuser näher als Marx. In den *Texten zu Methode und Praxis, Pariser Manuskripte 1844* von Karl Marx ist ein einziger Satz unterstrichen, im Kapitel über die »Entfremdete Arbeit« – »Der Arbeiter wird eine um so wohlfeilere Ware, je mehr Waren er schafft; mit der Verwertung der Sachenwelt nimmt die Entwertung der Menschenwelt in direktem Verhältnis zu.«

Das hat natürlich auch was für sich. Er hat wahrscheinlich verdammt recht gehabt mit solchen Sätzen. Aber die Sätze von Marcuse sind mir mehr in den Bauch gefahren als die von Marx.

»Obszön ist nicht«, fährt Marcuse fort, »das Ritual der Hippies, sondern die Beteuerung eines hohen kirchlichen Würdenträgers, daß der Krieg um des Friedens willen nötig sei!«

Nach dem heißen Juli folgte ein heißer August.

Ich jobbte als Aufseher in Mozarts Geburtshaus. Es war vielleicht nicht ganz die richtige Stelle, wenn man sich gerade Marcuse reingezogen hatte

und im Begriff war, die Armeen dieser Welt abzuschaffen. Aber es war nichts anderes frei. Der Job war so ermüdend wie ein ganzer Juli im Schwimmbad, aber ich hatte immerhin Zeit, dann und wann Marcuse zu lesen.
Den halben Tag stand ich nur im kühlsten Eck des maßlos überhitzten Museums, fächelte mir Marcuse ins Gesicht und paßte auf, daß keiner von diesen tölpelhaften Touristen ins Glas der Vitrinen fiel. Vor lauter Müdigkeit nach dreistündiger Stadtwanderung, vor lauter Desinteresse an den Dingen des Wolfgang Amadeus Mozart lümmelten sie sich mit beiden Ellbogen auf die Glasscheiben der Vitrinen, und ich mußte sie aufscheuchen, sonst wären sie glatt durchgebrochen, mit nackten, ungeschützten Ellbogen.
Einmal hab ich nicht richtig aufgepaßt, und ein dicker Amerikaner ist tatsächlich durchgebrochen, durchs Glas in der Vitrine mit Mozarts handgeschriebenen Briefen. Er hatte zum Glück ein festes Sakko angehabt, aber die Putzfrau hat sich die Hand zerschnitten, beim Entfernen der Glasscherben.
Ich bekam eine Ermahnung, und künftig verscheuchte ich die Leute schon, wenn sie sich nur ein bißchen zu tief über die Vitrine bückten.
Eines Nachmittags stand Konstanze vor mir. Sie gehörte zu einer Reisegruppe aus Hannover oder besser: Eltze bei Hannover. Die anderen trampel-

ten durch die Räume, Geburtszimmer von Wolferl und so, als würden sie auf dem Kirtag durch die Landwirtschaftsausstellung trampeln. Sie hatten kein Auge und kein Ohr für Musik, das sah man auf den ersten Blick. Konstanze war ganz anders. Sie war siebzehn und unheimlich süß. Ich fragte sie, ob ich sie führen solle, sie lächelte, und so führte ich sie durch alle Räume in diesem abscheulich überhitzten Museum. Wir standen eine Zeitlang vor dem Bild, das W. A. und seine Frau Konstanze zeigt. »Ich heiße auch Konstanze«, sagte Konstanze. »Ich heiße auch W. A.«, sagte ich, »Walter Andreas«, und das war nicht einmal gelogen.

Dann mußte sie gehen. Die anderen trampelten voran, sie ging ein bißchen traurig hinterher. Sie lächelte mir noch einmal zu.

»Gehen wir schwimmen morgen?« fragte ich, »ich kenne da ein Super-Schwimmbad!« Aber sie fuhren weiter, am Abend würden sie schon in Innsbruck sein.

Ich schaute ihr vom Fenster aus lange nach. Sie drehte sich noch hundertmal um, ehe sie aus meinem Blickfeld verschwand. Als ich in mein kühles Eck zurückkam, waren die Flugblätter nicht mehr da! Ich hatte nämlich an diesem Tag die Flugblätter mitgenommen, die Aufrufe zur Abschaffung des österreichischen Bundesheeres, mit diesem wahnsinnig starken Satz von Marcuse drauf.

Ich hatte sie auf einen Plüschsessel gelegt, gleich

neben der Wiege Wolfgang Amadeus Mozarts, die von den kulturlosen Touristen am meisten begafft wurde. Genau auf diesen Sessel hatte ich sie gelegt, ein revolutionärer Akt . . . die Menschen hätten gedacht, das wäre ein Hinweiszettel zu den Exponaten, dabei war es ein Flugblatt mit dem Aufruf zur Abschaffung des österreichischen Bundesheeres! Und statt belangloser Notizen über das trübe Alltagsleben des Wunderkindes hätten sie dieses gelesen: »Nicht das Bild einer nackten Frau, die ihre Schamhaare entblößt, ist obszön, sondern das eines Generals in vollem Wichs, der seine in einem Aggressionskrieg verdienten Orden zur Schau stellt!«

Ich dachte mir: jetzt nimmt die Revolution ihren Lauf. Die dumpfen Touristen tragen die Botschaften in die Welt hinaus, einfach so, indem sie das Flugblatt eingesteckt haben, wie die Insekten den Blütensamen einstecken, während sie über die Wiesen düsen. Und irgendwo fällt alles auf fruchtbaren Boden, der Samen und die Botschaft. Sie werden ihren Kindern die Prospekte mitbringen, ach ja, in Mozarts Geburtshaus haben wir diesen Zettel bekommen . . . und die Kinder werden die Fäuste ballen . . . »Die Große Weigerung nimmt verschiedene Formen an«, hat Marcuse geschrieben.

Vielleicht hat auch die Putzfrau die Flugblätter weggeworfen. Der Gedanke kommt mir erst jetzt,

wo mir die ganze Geschichte wieder einfällt. Das österreichische Bundesheer gibt es jedenfalls immer noch.
Eine Woche nach dieser Flugblattaktion kam ein Brief von Konstanze. Ich hatte ihr weder meinen Namen noch meine Adresse gesagt; es war alles so schnell gegangen. Der Brief, ein Brief, den ich heute noch besitze, hatte folgende Anschrift: »An W. A., Museumswärter in Mozarts Geburtshaus, Salzburg« – Mehr stand nicht auf dem Kuvert, der Brief hat mich trotzdem erreicht.
Giovanni sah mich mit vernichtendem Blick an, als er das Briefkuvert im Schwimmbad zufällig entdeckte. Es war mir aus dem Marcuse-Buch gerutscht. Er sagte: »Obszön ist ein Revolutionär, dem ein Mozartzopf am Schädel wächst!«
Ich habe Giovanni seit damals nicht mehr gesehen. Er soll heute in der Werbebranche tätig sein . . .

## *War Tiny ein schönes Mädchen?*

Robinson Crusoe habe ich unter dem Wohnzimmertisch gelesen, den ich mit Hilfe einer alten grauen Bügeldecke in ein Abenteurerzelt verwandelt hatte. Ich saß also unter dem Tisch, beleuchtete mit einer kleinen Taschenlampe mein Buch und las *Robinson Crusoe.* Die Bügeldecke roch nach Brandflecken und kaltem Schweiß, nach Waschpulver und Flanell. Sie wurde durch schwere Bücher auf der Tischplatte festgehalten ... *Märchen aus Österreich* und *Märchen aus deutschen Landen* von Max Stebich, übereinander gestapelt ... *Schillers sämtliche Werke*, erster und zweiter Band, Verlag der J. G. Cotta'schen Buchhandlung, Stuttgart, 1867 ... und mit dem 1222 Seiten starken *Kramer's Duits-Woordenboeck*, Duits/Nederlands und Nederlands/Duits, aus dem Jahr 1940, in Den Haag gedruckt.
Ich weiß nicht mehr, wem dieses Buch gehört hat, ich weiß auch nicht mehr, wem dieses Briefblatt

zugedacht war, das immer noch im unförmigen Monsterband steckt.
»Lieve Tiny, ik will Dir hartelijk dank sagen vor die lieve briev . . .« Von Zeit zu Zeit, wenn mir die Augen wehtaten vom Lesen im halbdunklen Wohnzimmerzelt, pirschte ich mich auf allen vieren in die nahe Küche, um mir Proviantsäcke voller Äpfel und Zwiebackscheiben zu besorgen. Oder ich griff zum messingglänzenden, mehrfach ausziehbaren Fernrohr des Großvaters und verschaffte mir einen umfassenden Überblick über das Leben und Treiben zwischen Eingangstüre und Kinderzimmer. Keine Vorkommnisse, kein Feind in Sicht, nicht einmal ein Freitag.
Ich hatte das Kampfmesser meines Onkels bei mir, Soldatenmesser, und die kleinen SS-Puppen in der Palmersschachtel. Und den Stoppelrevolver für alle Fälle. Mein Onkel hatte ein sanftes Gesicht, ich kenne ihn aus den Fotoalben. Mein Onkel trug meinen Vornamen . . . oder ich trage seinen Vornamen . . . mein Onkel ist nicht einmal achtzehn Jahre alt geworden.
Ruhestätte heißt »rustplaats«, und Soldat heißt »soldaat«. Gefangenenlager heißt »gevangenkamp«, und tot heißt »dood«.
Jäger heißt »jager«, und Jagdrevier heißt »jachtveld«, und Jagdglas heißt »jachtkijker« . . . aber mein Jagdglas war ein Fernrohr, und Holländisch wollte ich sowieso nie lernen.

»Lieve Tiny« ... vielleicht war das seine erste und letzte Liebe ... »ik will Dir hartelijk dank sagen vor die lieve briev« ... vielleicht hat er für sie diese Sprache gelernt, aber dann ist er gestorben, tausend Kilometer südlich, irgendwo weit weg von allem, und keiner kennt seinen »rustplaats«. Auf dem Grabstein auf unserem Friedhof, zwanzig Fußminuten von meiner Wohnadresse, stehen seine Daten, steht sein Name, steht dieses kleine Buchstabenkürzel »verm.« ... vermißt ... »missen ... ontberen« ...

Kann man jemanden vermissen, den man nie kennengelernt hat? War Tiny ein schönes Mädchen?

Ich hockte also in Robinson Crusoes Zelt unter dem Wohnzimmertisch, mit einer Bügeldecke geschützt vor der Kälte und der Hitze und dem Zugriff feindlicher Kannibalen. Hockend hab ich Daniel Defoe gelesen, alles andere wäre unter seiner Würde gewesen ... unwürdig ... schandelijk.

Im Führerhaus eines stinkenden Militärlastwagens habe ich die Liebeslieder Walthers von der Vogelweide gelesen, aus der Altdeutschen Textbibliothek, Max Niemeyer Verlag, Tübingen. Ich wollte studieren, aber ich mußte Gewehre zerlegen und mit Kanonengeräten durch unsere Landschaft kurven. Das heißt: ich war nur der Beifahrer, ich mußte immer auf Kommando eines Vorgesetzten aus dem Fahrzeug springen und meinen Unterge-

benen, die hinten auf der Plattform des Lastwagens mitgefahren waren, Kommandos geben. Entfernungen von irgendwelchen Zielen, Schußpositionen zur Bekämpfung von irgendwelchen Feinden. In den Kampfpausen las ich die Liebeslieder Walthers von der Vogelweide, zusammengekrümmt auf dem Beifahrersitz, mit dem Löffel in triefenden Konservenfischen stochernd ... »under der linden an der heide / da unser zweier bette was« ... aber es war nicht unser zweier Bette, es war der übliche Schlamm und das übliche Kommando, und ich fiel immer aus allen Wolken. Sprung-vorwärts-decken!! ... tandaradei, tandaradei ...
Heute wache ich jeden Morgen wie gerädert auf. Damals konnte ich mich um ein Lastwagen-Lenkrad winden wie eine zärtliche Schlange und Walther von der Vogelweide lesen, während rundum die Übungsgranaten schwirrten. Pardon, Herr General, hab gerade Minnedienst!
Wie gerädert.
Einmal legte ich mich während des Wachdienstes auf halber Strecke ins Gebüsch, Mitternacht grad vorbei, knipste die Taschenlampe an ... »Ir vil minneclichen ougenblicke« ... und schlief über der ersten Zeile ein, bis mich der diensthabende Nachtoffizier mit einem Stiefeltritt in den Krieg zurückkickte und ich die nächsten drei Tage und Nächte auf einem Holzbrett in einem Arrestkäfig zubringen mußte.

Bald ging ich mit leerem Schädel durch die Nächte, Beatles-Lieder auf den Lippen. Die Hand am Gewehr, keine Träume, nicht einmal Wünsche. Eine Runde im Industriegelände dauerte 35 Minuten, ohne Vorkommnisse. »Hey Jude« von den Beatles dauerte sieben Minuten, wenn man es mit allen Schlußvariationen sang. Eine Wachdienst-Runde im Industriegelände dauerte fünf »Hey Judes«. Nach 15 »Hey Judes« kam die Ablösung. So einfach ist das Leben.
Ich wurde als Maschine in die freie Welt entlassen. Ich sagte »jawohl« statt »ja«, stand bei Fußgängerampeln stramm und machte einen Ausfallschritt, wenn das Licht von Rot auf Grün wechselte. Ich hab heute noch damit zu tun, aus dem Schritt zu gelangen. Wenn die Blasmusik spielt, wenn die Kameraden dahermarschieren oder auch nur die Politiker an der Spitze eines Trachtenumzuges . . . Ich gehe gegen die Richtung, gegen den Takt, ich bäume mich gegen die große Trommel auf, ich gehe wie ein Pantomime, mit weichen Schritten, mit Gummibeinen, ich gehe wie auf Wolken, ich hebe vom Boden ab. Das kostet alle Kraft eines Lebens.
Wenn ich wie gerädert aufwache, stundenlang vor dem nächsten Morgen, denke ich jetzt immer öfter an Tiny, ein Mädchen, das ich nicht kenne. Und an meinen Onkel, den ich nie kennengelernt habe. Und an die Briefe, die sich die beiden geschrieben

haben. Obwohl sich meine Mutter an kein Mädchen namens Tiny erinnern kann und an kein *Duits-Woordenboek*. Holland hat im Leben unserer Familie nie eine Rolle gespielt, sagt sie . . .

. . . so wenig wissen die Frauen von den Männern . . .

## *Barbara*
## *oder*
## *Ab zehn ist immer alles gelaufen*

Ein Song von John Lennon trägt den Titel »One After 909«, ein anderer heißt »Revolution Nr. 9«, ein dritter »# 9 Dreams«.

»Ich erreichte damit tatsächlich Platz 9«, erzählte John zwei Tage vor seinem Tod einem britischen Radioreporter. Und einmal hat er gesagt: »Es scheint wohl meine Zahl zu sein. Die Neun ist die höchste Nummer im Universum. Danach fängst du wieder bei 1 an.«

Natürlich weiß ich auch, daß die Zahl Neun als die Zahl der Vollkommenheit gilt ... das Dreifache der heiligen Drei ... neun Musen ... und so weiter ... die neunstöckigen Pagoden im alten China ... als Symbol des Himmels und so ...

Ich war neun, als wir in der Schule diese Blumenbilder malen mußten. Es war ein heißer Frühsommertag gewesen, letzte Klasse Volksschule, und wir waren auf der schmutzigen Aschenbahn des Sportplatzes um die Wette gelaufen. Das heißt: die

Buben waren um die Wette gelaufen, die Mädchen hatten auf der Fußballwiese Völkerball gespielt oder Drittabschlagen oder so. Jedenfalls baute der Eder Markus einen fürchterlichen Sturz, mitten auf der Aschenbahn, und schlug sich das Knie blutig. Der Eder Markus blutete wie eine Sau, und der Lehrer mußte ihn zum Doktor Aigner bringen, der in der Nähe ordinierte. Ich hatte kein besonderes Mitleid mit dem Eder Markus, weil er mich einmal mit einem Zündholz gebrannt hatte. Einfach so, ohne Grund. Hatte meine Hand gepackt, hatte ein Zündholz angerieben und gegen meinen Arm gedrückt. Und gelacht dabei. So ein Hund war der nämlich. Noch dazu nach der Maiandacht. Ich war heulend davongelaufen.

Der Eder Markus hat eine Tetanusspritze bekommen, wegen der Aschenbahn und wegen des Wundstarrkrampfes. Der Eder Markus hat keine Miene verzogen, so ein Kerl ist der, hatte der Lehrer gesagt, dann gingen wir in Zweierreihen zurück in die Schule. Die Turnstunde war längst vorbei, die Pause war längst vorbei. Die Mädchen tuschelten den ganzen Heimweg vom Eder Markus ...

Dann mußten wir also diese Blumenbilder malen. Jeder Schüler hatte eine Blume mitgebracht, aus dem Garten, von der Wiese, aus der nahen Saalach-Au. Wir hatten sie in leeren Milchflaschen eingewässert und auf dem Fensterbrett abgestellt. Dann kam Lesen, dann kam Heimatkunde, dann kam Turnen. Dann kam Zeichnen. Ohne Pause zwischen den letzten beiden Stunden. Und das alles wegen dem Eder Markus. Ich hätte schon in der Turnstunde dringend müssen, aber auf dem Sportplatz gab es keine Toiletten, jedenfalls keine benützbaren. Wir hatten gerade Zeit gehabt, die Turnhosen mit den normalen Hosen und die Sportschuhe mit den Sandalen zu tauschen, aber das war auch schon alles. Beeilung, die Blumen welken!

Die meisten hatten ganz gewöhnlichen Löwenzahn mitgebracht, vor dem Schulgehen aus der nächstbesten Wiese gerissen. Meine rosarote Nelke stammte aus der Blumenvase der Großmutter. Ich hatte sie zu Hause bereits zehnmal gemalt, ich war nicht besonders gut im Zeichnen, jetzt hatte ich die rosarote Nelke halbwegs drauf.

Der Lehrer fragte: Wer hat den Löwenzahn mitgebracht? Dann zeigten die Schüler, die den Löwenzahn mitgebracht hatten, auf, aber den Löwenzahn bekamen andere Kinder zum Abzeichnen. Wer hat die rosarote Nelke mitgebracht? Ich! Aber ich bekam einen Enzian. Meine Nelke durfte Barbara malen. Barbara war eine Künstlerin, den Enzian hätte sie locker hingekriegt. Sie hatte ihn ja auch ausgesucht. Enzian! Gentiana germanica, Stengelblätter eiförmig, Blüten im Schlund bärtig, mit violetter, fünfzipfeliger Krone ... auf dem Schreibpult ... eingewässert in der Schulmilchflasche ... neben dem Wasserbecher für die Malfarben ... der Blütenkelch ... das Eintauchen des Pinsels ... das Tropfen der Wasserfarben ... ich hätte einfach aufzeigen sollen ... aber ich traute mich nicht ... der Eder Markus verzieht keine Miene bei einer Tetanus ... ich werde das schon noch aushalten ... noch eine halbe Stunde ... ich halte das schon noch aus ... noch neunundzwanzigeinhalb Minuten ... ich finde kein Violett in meinem Malkasten ... der Bauer Manfred neben mir hat seinen Löwenzahn fertig, jetzt stößt er mir in die Rippen ... weißt du, wie der Löwenzahn noch heißt, fragt er mich ... ich beiße mir auf die Lippen, ich presse die Oberschenkel gegeneinander ... der Löwenzahn heißt auch Soachkraut, sagt er und lacht, Soachkraut von Soachn ... und lacht noch immer, soach-soach, sagt er ... der Eder Markus hat keine Miene verzogen, rede ich in mich hinein, beschwöre ich meinen Kinderkörper ... soach-soach, grinst der Bauer Manfred ... ich finde kein Violett, die Wasserfarben ... fünfzipfelige Krone ... einfach aufzeigen ... soach-soach ... Soachkraut, Seichkraut ... und die Schober Ingrid malt den Wiesen-Pippau ... und der Jahn Fritz das Gemeine Ferkelkraut ... und der Hofer Anton den roten Pimpernell ... Soachblume, sagt der Bauer Manfred, dessen Vater Bauer ist und der von einigen Blumen sogar die lateinischen Namen kennt ...

Wasserfarben, Schulmilchflasche, das Tropfen von Violett auf dem Blatt Papier . . . das Tropfen, die Tröpfchen . . . ich könnte aufzeigen, und jetzt zeigt der Bauer Manfred auf und sagt, ich hätte in die Hose gemacht. Aber da läutet die Schulglocke und ich erschrecke und werfe die Schulmilchflasche um, mit dem Enzian darin, und den Wasserbecher mit dem Violett. Unter meinem Schreibpult ein kleiner See, violett, enzianfarbig, der Enzian schwimmt darin herum, und die Hofstätter Barbara sagt vorwurfsvoll: »Mein schöner Enzian!« Ich bleibe sitzen, bis alle gegangen sind, ich wische den See mit meiner Turnhose auf, der Hofstätter Barbara kann ich nie mehr in die Augen schauen.
Am nächsten Tag bin ich krank, am übernächsten Tag komm ich zitternd in die Schule, zitternd vor Scham, aber da kommt auch der Eder Markus wieder, das Knie dick eingebunden, von den anderen umringt, ein Held, tetanusgeimpft . . . wer konnte das schon von sich behaupten, damals, mit neun . . .
Mit zehn kam ich ins Gymnasium. Die Hofstätter Barbara ging in die Hauptschule, der Eder Markus auch. Ich kam gut voran, einmal – das war in der siebenten Klasse – hatte ich im Jahreszeugnis neunmal Sehr gut, ansonsten: keine Erinnerungen an die Zahl Neun, absolut keine Erinnerungen.
Dann kam das Jahr, in dem die Großmutter starb. Wir standen an ihrem Sterbebett in einem Abstell-

raum im Krankenhaus und zählten einen ganzen Tag lang ihre letzten Atemzüge. Da war ich längst ein erwachsener Mann, da hatte ich längst Kontrolle über mich. Wir standen da und zählten, wie die Kampfrichter, die beim Boxkampf dem Niedergeschlagenen die letzten Zahlen ins Gesicht schreien, um ihn einmal noch in den Kampf zurückzuholen oder ihn für immer von diesem Gefecht auszuschließen ... acht – neun – aus. Immer wieder ... acht – neun – aus ... aber die Großmutter atmete weiter, irgend etwas in ihr atmete weiter, einen ganzen Todestag lang.

Die Großmutter hat mir ein Buch hinterlassen. Das Tagebuch ihres Großonkels, des Feiner Georg. Von ihm selbst geschrieben, Kurrentschrift, tausend Seiten. Ich hab das Buch erst Jahre später aufgeschlagen, ich habe mühsam die alte Schrift erlernt, ich habe es mitgeschleppt von einer Übersiedlung zur anderen. Ich werde es im Schreibtisch verwahren, wie ich es seit einiger Zeit im Schreibtisch verwahre, in Reichweite: Das Buch des Großonkels meiner Großmutter, das ihr Lieblingsbuch war bis zuletzt.

Er hat von damals geschrieben, sorgfältig und ausführlich, von der Schlacht bei Solferino, von der Begegnung mit seinem Kaiser, von der Cholera in Bologna und vom Räuberhauptmann Lazzarini, vom Grafen Radetzky und von Napoleon dem Dritten.

Auf Seite 993 findet sich diese Überschrift: »Bemerkungen über die Zahl Neun«. Der Feiner Georg, der Großonkel meiner Großmutter, ist am 19. April 1833 geboren worden und mußte mit 9 Jahren sein Elternhaus verlassen und zu einem Stiefgroßvater ziehen. »Zum 9. Jägerbataillon wurde ich assentiert . . . am 9. Juni 1856 sah ich den Papst Pius IX. bei seiner Ankunft in Bologna das erstemal . . . am 9. November 1859 war ich auf dem Adriatischen Meer in größter Lebensgefahr . . .« Seine magische Zahl. Genau wie bei John Lennon. »Am 9. 9. 1879 heiratete ich zum zweitenmal. Um 9 Jahre war meine erste Frau älter und um 9 Jahre ist meine zweite Frau jünger als ich.« Am Ende dieses Kapitels im Tagebuch des Feiner Georg, auf Seite 995, von der Großmutter in Kugelschreiberschrift diese Ergänzung: »Georg Feiner, gestorben 1. 9. 1909.«
Wir standen am Sterbebett der Großmutter und zählten ihre letzten Atemzüge . . . acht – neun . . . nach der Neun fingen wir immer wieder bei der Eins an . . . acht – neun – aus
»Was magic in the air? I believe, yes I believe« (John Lennon, »# 9 Dreams«).
Die Großmutter starb im selben Jahr, in dem John Lennon starb, acht Wochen vor ihm. Wir hatten den ganzen Tag lang ihre Atemzüge gezählt, von der Eins bis zur Neun, immer wieder, unzählige Male, war Magie in der Luft? Ich glaube ja, ja, ich

glaube es. Schlaf jetzt, Großmutter, laß dich fallen . . . acht . . . neun . . . wir hatten die Tücher bereitgelegt, um ihr den Kiefer hochzubinden, wenn es soweit wäre . . . acht . . . neun . . . laß dich fallen . . .
Bin rasch auf ein Bier gegangen, müde vom Zählen. Bin zurückgekommen, und keiner zählte mehr. Neun Uhr abends, neun . . . aus. Mit neun hatte ich keine Kontrolle über mich, mit dreißig konnte ich Schmerzen ertragen wie der Eder Markus. Ab zehn war alles gelaufen.
Ab zehn ist immer alles gelaufen . . .

## *Hanni oder Hanne oder Hanna*

Das passiert immer wieder. Zwei treffen sich, und es ist Liebe auf den ersten Blick. In einer Faschingsnacht zum Beispiel. Und im Morgengrauen nehmen sie die Masken ab und gehen voneinander fort, für immer.

Ich kannte keine Menschenseele auf diesem Fest. Da traf ich sie. Ich glaube, sie hieß Hanni ... oder Hanne ... oder Hanna. Sie hatte sich als Clown verkleidet, schwarzer Frack, rote Fliege, blondes Strohhaar und eine schwarzweiß karierte Tormannmütze, ziemlich schräg aufgesetzt, wie das der berühmte Oleg Popow so gerne tat.

Ich liebe Popow! Ich liebe die Clowns!

Es gab Musik vom Plattenspieler, Doppelliterflaschen zur Selbstbedienung und einen betrunkenen Bluessänger aus dem Nachbarhaus, der die ganze Nacht lang auf dem Rücken liegend Mundharmonika blies. Ich hatte mich auch als Clown verkleidet – Tino Zacchini, weiße Lippen, rote Kugelnase und ein Hütchen mit einem Hutband voller aufgemalter Gebirgsblumen.

»Wenn ich das gewußt hätte«, sagte ich zu ihr, denn ich hatte einmal eine Clownnummer gesehen, in der der eine Clown zum anderen ununterbrochen sagte: »Wenn ich das gewußt hätte!« Die ganze Nummer hindurch wurde nicht geklärt, was denn geschehen wäre, wenn er »das gewußt hätte«. Aber der Satz hatte mir gefallen und gefiel mir immer noch, vor allem als Begrüßungssatz zwischen zwei einander fremden Clowns.

Hanni oder Hanne oder Hanna sagte nur: »Ganz meinerseits!« Das reichte für eine vollkommene Übereinstimmung, eine ganze Nacht lang. »Wenn ich das gewußt hätte!«

»Ganz meinerseits!«

Tino Zacchini war ein begnadeter Clown und Musikvirtuose. Im Buch *Die großen Clowns* von Hoche, Meissner und Sinhuber sieht man ihn leibhaftig, kleiner Hut, rote Nase, beim Versuch, auf drei Saxophonen gleichzeitig zu spielen. Tino war auch ein Meister des Luftballon-Musizierens. »O sole mio«, von Tino Zacchini mit nichts als einem Luftballon musiziert, hat tausende Menschen zu Tränen gerührt.

Ich wäre auch gern Musiker geworden. »Wenn ich bloß Saxophon gelernt hätte«, sagte ich wehmütig zu Hanni oder Hanne oder Hanna, und sie sagte wehmütig: »Ganz meinerseits!« Wir verstan-

den uns, wie sich nur zwei Clowns verstehen können.
Hanni oder Hanne oder Hanna war Zahnarztassistentin. Es hätte mich nicht weiter interessiert, aber irgendwann einmal, als die anderen schon ziemlich schweigsam auf den Teppichen herumlagen und der Bluessänger in seine Mundharmonika hineinschnarchte, waren auch uns die Spiele ausgegangen, und wir fragten die üblichen Fragen.
»Wie kann ein Clown auf drei Saxophonen gleichzeitig ... ich meine, du als Zahnarztassistentin ...«
Ein Luftballon schwirrte im Zickzackraketenflug durch den Raum und fiel zu Boden, ein schlaffer kleiner Gummisack, ganz ohne Atem und ganz ohne Poesie.
Unsere kurze Clownsgeschichte hat nicht wirklich traurig geendet. Im Morgengrauen, auf einer kalten Winterstraße, haben wir die Masken abgenommen und haben lange überlegt, ob wir zu ihr oder zu mir gehen sollten. Die Entfernungen waren gleich groß. Wir entschlossen uns, unsere eigenen Wege zu gehen, jeder für sich.
»Wenn ich das gewußt hätte!« sagte ich.
»Ganz meinerseits!« sagte Hanni oder Hanne oder Hanna.
Wir haben uns nie mehr gesehen.

Ein paar Wochen später habe ich Hanna kennengelernt. Sie hieß wirklich Hanna und war aus Prag.

Sie arbeitete in einer Apotheke in unserer Stadt. Eines Tages brachte sie einen Korb voller Wäsche zu mir nach Hause.
Ich war erst ein paar Monate allein, Scheidung und so weiter, und irgendwann einmal, beim Tanz in der Disco, prahlte ich wohl mit meiner Waschmaschine und mit meiner außerordentlichen Begabung im Bügeln. Da kam also Hanna mit ihrem prallvollen Wäschekorb. Weiße Wäsche vor allem, Apothekerkittel und so, voller Farbflecke, chemische Substanzen und so. Unterwäsche und so.
Wir warfen die Wäsche in die Waschmaschine, und Hanna blieb über Nacht. Oder wollte über Nacht bleiben. Die Wäsche hatte noch nicht fertig geschleudert, da kam Hubert, ein Kollege aus der Apotheke, und schleppte Hanna in die Disco ab. Ich war zu müde irgendwie. Wahrscheinlich war das abgesprochen, das mit Hubert, wahrscheinlich wär sie sowieso nicht über Nacht geblieben. Ich war ziemlich sauer, ich war wieder einmal der Trottel in irgendeinem Egoistenspiel. Trottel mit Waschmaschine und einer außerordentlichen Begabung im Bügeln.
Am nächsten Tag fuhr ich nach Wien, blieb eine Woche lang, einfach so. Hannas Wäsche war mir egal; genauso wie mir Hanna egal war.
Ich kam also zurück, und Hannas Wäsche war verschimmelt. Ich hatte die Waschmaschinenluke nicht geöffnet, vor meiner überstürzten Abreise.

Hannas weiß sein sollende Apothekerinnenwäsche und ihre weiß sein sollende Unterwäsche waren mit Schimmelflecken überwuchert und stanken bestialisch. Ich wusch die Wäsche den ganzen Tag lang, immer wieder, immer auf Volltouren, es half nichts – der Schimmel blieb. Am Abend kam Hanna.

»Nicht einmal das kann er!« sagte sie, und ich wußte nicht, was sie mit dem »nicht einmal das« meinte. Unsere Beziehung war ohnehin antiseptisch rein geblieben, antiseptisch nüchtern, fleckenlos gewissermaßen ... bis auf die Flecken in ihrer verdammten Apothekerinnen-Wäsche.

Tino Zacchini, mein Clown, mein Lieblingsclown – rote Nase, weiße Lippen, kleines Hütchen am Kopf – Tino Zacchini hatte eine berühmte Nummer mit einer Waschmaschine in seinem Programm.

Die Waschmaschine steht in der Manege. Tinos Partner füllt die Maschine mit Wäsche, einem Haufen Wäsche – und Waschpulver, viel Waschpulver. Dann drückt er auf die Knöpfe, dann rattert die Waschmaschine los – und stop – und die Kleidungsstücke sind blitzsauber. Blitzsauber und gebügelt!

Dann kommt Tino an die Reihe. Eigentlich will er gar keine Wäsche waschen, er denkt nicht im Traum daran Wäsche zu waschen. Er weiß, daß ihn sein Partner nur in die Falle locken will ... »los

Tino, jetzt du! Wäsche waschen!« Nicht mit mir, denkt Tino, nicht mit mir! Da betritt ein wunderschönes Mädchen die Manege, entkleidet sich hinter dem Zirkusparavent und wirft Tino die Wäsche in die Hände, Stück für Stück, eines nach dem anderen. Tino bewegt sich wie in Trance . . . das Parfüm, das Mädchen, die Musik, die jetzt süßliche Melodien spielt . . . Tino stopft die Kleidungsstücke des wunderschönen Mädchens in die Maschine, als würde er eine Geliebte mit Pfirsichstücken füttern, am Morgen nach einer unvergeßlichen Nacht, mit Pfirsichstücken oder Herzen aus weißem Marzipan.
Tino drückt auf die Knöpfe, dann rattert die Waschmaschine los – und stop. Riesenknall! Maschine kaputt. Eine Schmutzwasserflut, mitten in Tinos Gesicht! Jede Menge Seifenlauge, mitten in Tinos Gesicht! Die Wäsche ist verknittert und klein wie für ein Kind. Das wunderschöne Mädchen gibt Tino eine Ohrfeige. Der Partner packt Tino am Hosenbund und stopft ihn in die Waschmaschine. Maschine rattert, Lämpchen flackern, Schleudervorgang. Stop. Als Tino endlich aus der Bullaugen-Luke klettert, ist er nur mehr ein Zwerg, eingegangen, zusammengeschrumpft wie vorhin die Wäsche des Mädchens. Tino, mein Tino, läuft heulend davon, läuft aus der Manege, läuft, als ginge es um sein Leben.
Im Buch *Die großen Clowns* von Hoche, Meissner

und Sinhuber, auf Seite 167, wird das Geheimnis dieser Nummer verraten. Tinos Söhnchen, Arno, ist da aus der Maschine geklettert, ein simpler Trick – Tino wird hineingestopft, Maschine rattert, Lämpchen flackern, Schleudervorgang. Stop. Aber Tino hat die Maschine längst verlassen, durch eine kleine Türe in der Rückwand, und Arno, das Söhnchen, hat sich hineingeschwindelt. Hüpft heraus, klein wie ein geschrumpftes Wäschestück, klein, als wäre Tino so klein geworden. Und alles lacht und kriegt fleckige Gesichter vor lauter Lachen.

Die Menschen lachen immer dann, wenn aus einem ernsthaften, lebensfähigen Mann ein lächerliches Männchen geworden ist. Die Menschen lachen immer dann, wenn sie einen wie mich kleingekriegt haben. Mit Apothekerwäsche und ähnlichen Waffen.

Wenn ich das gewußt hätte ...

## *Carola, der Prophet Jona und ich*

Komm ins Wasser!«
Aber ich will nicht. Es ist Ende September, viel zu spät für einen Urlaub in Mali Losinj.
Carola hat es so gewollt. Ich wollte kein Spielverderber sein. Jetzt steigt sie aus dem Meer wie eine Meeresgöttin, schreitet die rostigen Eisentreppen hoch, wirft die blonden Haare in den Nacken.
»Fotografier mich!«
Die erste Woche hat es geregnet, gestern war zum ersten Mal die Sonne da, die Bucht ist voller Quallen.
»Sei kein Frosch, komm ins Meer!«
Aber ich lese lieber. Ich hocke auf einer warmen Wolldecke auf diesem Steinpflaster beim Anlegesteg, die Knie angezogen, einen Pullover um die Schultern, das Buch vor meinen Füßen: *Wuppertaler Studienbibel – Der Prophet Jona, erklärt von Gerhard Maier.*
Das Buch hatte ich Norbert gestohlen. Norbert

studierte Theologie, so zum Spaß. Eigentlich hatte ich es ihm irrtümlich gestohlen. Er hatte damals sämtliche Bücher des Carlos Castaneda in seinem Regal stehen – *Die Lehren des Don Juan, Don Juan in den Städten, Das Feuer von innen* und so. Am Abend vor unserer Abreise bin ich bei ihm gewesen und hab ihm einen Castaneda gestohlen. Hab ich gedacht. Aber zwischen der *Reise nach Ixtlan* und der *Kunst des Pirschens* muß wohl dieses Buch gestanden sein – *Wuppertaler Studienbibel – Der Prophet Jona*.

Ich hatte das Buch gerade in den Händen, da kam Norbert ins Zimmer; ich stecke das Buch in meine Tasche, und am nächsten Tag sind Carola und ich losgezogen.

»Trockne mich wenigstens ab!«

In der ersten Woche sind wir kreuz und quer durchs Land gefahren, das heißt: Carola ist mit mir kreuz und quer durchs Land gefahren, ich hab keinen Führerschein.

Sechs Tage hinter tanzenden Scheibenwischern, und die Nächte in leeren Diskotheken.

Heute scheint wenigstens die Sonne.

»Herrlich warm, das Wasser, komm rein, Feigling du!«

Aber Ende September kann kein Wasser herrlich warm sein. Ich bleibe draußen. Mit dem Meer will ich nichts zu tun haben.

Gott erteilt Jona den Befehl, nach Ninive zu reisen,

in die gottlose Stadt am Tigris, und den Menschen den Untergang zu prophezeien, so sie nicht umkehrten und Buße täten. Aber Jona will mit Ninive nichts zu tun haben, flieht in eine andere Stadt, besteigt ein Schiff und will abhauen.
»Komm ins Wasser!«
Aber ich will nicht.
Carola ist das blühende Leben, Carola ist immer in Bewegung, aber ich bin müde, und späte Septembertage machen mich sowieso schwermütig. Anfangs dachte ich, Carola wäre meine Rettung. Ich hatte längere Zeit nichts mehr geschrieben. Ich jobbte lustlos dahin, es war nicht grad meine Zeit, als wir uns kennenlernten. Carolas Mann war irgendwie beim Fernsehen beschäftigt. Carolas Mann hatte ein Verhältnis mit einer Journalistin, die ich über sieben Ecken kannte. Irgendwie lernten wir uns alle kennen, und als Carolas Mann mit der Journalistin nach Bangkok reiste, einfach so, reisten wir, Carola und ich, nach Mali Losinj, einfach so. Kein Problem alles. Man darf das nicht so eng sehen.
Carola steigt nackt aus dem Wasser. Wir sind mutterseelenallein hier, Saison längst vorbei, Carola und ich, sonst niemand, die Obstverkäufer ersparen sich den Umweg, die Boote legen im Hafen an. »Fotografier mich wenigstens!«
Jona hat also ein Schiff bestiegen, doch bald nach dem Auslaufen kommt dieser schreckliche Sturm

auf ... »Aber Jahwe warf einen großen Wind auf das Meer, so daß ein großer Sturm auf dem Meer entstand und das Schiff zu zerbrechen drohte ...«
Wir haben miteinander nichts zu tun, Carola und ich, das haben wir schnell herausgefunden, noch vor der jugoslawischen Grenze. Kein Feuer, kein Funken. Sie steigt nackt aus dem Meer, und ich lese in der Wuppertaler Studienbibel, die ich irrtümlich meinem Freund Norbert aus dem Bücherregal gestohlen habe.

Jona fasziniert mich. Erhält einen Auftrag von seinem Gott und läuft davon. Soll eine Stadt vor der ewigen Verdammnis retten – und verkriecht sich auf ein Schiff, das den entgegengesetzten Kurs fährt. Dann kommt dieser Sturm auf, und die anderen an Bord kämpfen um ihr Leben. Aber Jona hat sich in seine Kajüte zurückgezogen und schläft, als hätte er mit der Sache nichts zu tun. Sie wecken ihn, er gibt zu, daß er schuld ist an allem und läßt sich über Bord werfen ... »Und sie nahmen Jona und warfen ihn ins Meer, und das Meer stand ab von seinem Zürnen.«

Carola sitzt neben mir auf der warmen Decke und denkt an ihren Mann. Ich denke an Jona, wie er ins Meer fällt.

»Trockne mich wenigstens ab!«

»Und Jahwe beorderte einen großen Fisch, um Jona gierig hinunterzuschlingen, und Jona war im Innern des Fisches drei Tage und drei Nächte.«

In Ninive ist die Hölle los. Durch und durch verdorben, alle miteinander. Ich wär nicht hingegangen, um denen ihr Ende zu prophezeien. Jona kann ich verstehen, wie einen Bruder. Ich bin erleichtert, als ihn der Fisch wieder ans Festland speit. Jona zieht also in die verruchte Stadt und tut, was er tun muß. »Noch vierzig Tage«, ruft er den Menschen zu, »noch vierzig Tage, und Ninive wird umgewendet!« Und siehe da, die Niniviten ziehen ihre Bußgewänder an, vom König bis zum kleinen Mann, und sie hüllen sich in Staub und Asche. Und Jahwe gefällt das alles, und er erspart ihnen die ewige Verderbnis.
Carola läßt sich die Spätsommersonne auf den nackten Körper scheinen. Wir werden ins Fischlokal am Hafen gehen und dann in die Diskothek, wie jede Nacht. Noch drei Nächte, dann fahren wir wieder nach Hause.
Dieses Bild habe ich heute noch – Carola, wie sie nackt aus dem Meer steigt. Sie hat das Bild vergrößern lassen, sie hat es ihrem Mann gezeigt, gleich nach seiner Ankunft aus Bangkok. Wir haben alle vier vielsagend gelächelt dabei.
Carola sehe ich nur mehr selten, aber Jona geht mir nicht mehr aus dem Sinn seit damals. Er erkennt also Gottes Güte und Erbarmen und kriegt eine Mordswut. So schnell geht das bei Gott, ein bißchen Staub, ein bißchen Asche, und alles ist vergessen. Und ihn haben sie ins Meer geworfen,

und ihn hat der Fisch verschlungen, und er wäre um ein Haar gestorben. Jona zürnt, Jona ist anders als die anderen Heiligen. Ich hab das Buch heute noch, und das Bild mit Carola, aus dem Meer steigend, als Lesezeichen darin.
Am letzten Urlaubstag wirft mich Carola lachend ins Meer.
Keine Stürme toben, kein Fisch verschlingt mich.
Aber die Quallen haben leichte Beute.
Ich verbrenne mitten in den Fluten.
Carola lacht.
Warum ich? Warum ausgerechnet ich?!
Aber Gott schweigt.

## *Biggi, wenigstens Biggi!*

Ich weiß nicht, ob mein Deutschprofessor mich demütigen wollte. Vielleicht hatte er es auch lustig gefunden. Jedenfalls rief er meinen Namen, und ich sollte »laut und deutlich« die nächste Geschichte lesen. Wir lasen damals gerade die kleinen Erzählungen des Johann Peter Hebel – *Schatzkästlein des Rheinischen Hausfreundes*, Reclams Universal-Bibliothek, Nr. 6705.

Nachdem Weinknecht die Geschichte »Wie der Zundelfrieder und sein Bruder dem roten Dieter abermals einen Streich spielten« laut und deutlich zu Ende gelesen hatte, rief der Professor also: »Müller!«

Nicht daß ich nicht gerne gelesen hätte, ich hatte in der Schule auch sonst nie Probleme . . . es war nur . . .

Ich hatte an diesem Tag, es war der 13. April 1963, meinen neuen blauen Blazer an und die neue graue Flanellhose. Der Blazer war aus einem Material, das beim Anfassen an Schaumgummi erinnert. Aber dafür war mein neuer blauer Blazer federleicht und wahnsinnig schick. Das mit dem Datum weiß ich deshalb so genau, weil ich an diesem Tag meinen 13. Geburtstag hatte. Den Blazer und die Hose hatte ich am Abend davor geschenkt bekommen. Wir feierten immer am Abend davor Geburtstag.

Ich hatte, seit meiner frühesten Kindheit, diese maßlose Vorstellung: jeder Mensch auf der ganzen Welt, zumindest in unserer Stadt, zumindest in unserem Häuserblock, müßte wissen, daß ich Geburtstag habe ... jedes Kind im Kindergarten, jeder Mitschüler in der Klasse ... und die Lehrer sowieso! Jeder müßte in irgendeiner angemessenen Form auf dieses Wissen um meinen Geburtstag reagieren. Durch Geschenke. Durch Gratulationen. Durch ein Lächeln, einen Kuß, ein Schulterklopfen oder wenigstens dadurch, daß er mich nicht an die Tafel holte oder nicht eine Geschichte »laut und deutlich« vorlesen ließ.

Der Professor rief also: »Müller! Die nächste Geschichte! Laut und deutlich!«

Die nächste Geschichte hatte den Titel: »Der Heiner und der Brassenheimer Müller«. Beim Wort »Müller« grinsten die anderen Schüler. Ich las widerwillig, aber fehlerfrei – wie gesagt: ich hatte keine Probleme mit dem Lesen, wie ich in der Schule auch sonst nie Probleme hatte ... im

Unterschied zu Markus etwa, der besonders schäbig grinste. Es war alles unter Kontrolle, ich tat meine Pflicht, ich las laut und deutlich . . . bis ich zu dieser Stelle kam: »Darüber kommt auf einem wohlgenährten Schimmel der Brassenheimer Müller mit roten Pausbacken und kleinen freundlichen Augen dahergeritten . . .«
Da lachte die ganze Klasse, wegen des Pausbacken-Müllers, und der Professor schmunzelte. Und das alles an meinem Geburtstag!
Aber die Geschichte war noch lange nicht zu Ende. Der Heiner ist ein grundschlechter Kerl . . . und er möchte dem Müller, der dem Johann Peter Hebel für meine Begriffe etwas zu selbstbewußt und schnöselhaft geraten ist, wenn es da etwa heißt: »Aber der Müller mit seinen Pausbacken sagte: Pah!« (Wieder dieses Gelächter in der Klasse) . . . der Heiner möchte also dem Müller einen argen Streich spielen. Der Heiner lockt den Müller regelrecht in eine Falle. Ich hoffte inständig, im Namen meines mißachteten Geburtstages, daß der Kelch rasch an mir vorübergehen und der Müller in die Falle tappen würde, damit dieses Gekicher und Gegrinse endlich vorbei sei.
Da kam die übelste Stelle. Ich habe Johann Peter Hebel dafür jahrelang gehaßt.
Diese Stelle also: »Darüber kommt auf stattlichem Schimmel der Müller dahertrottiert (Gelächter) und macht ein Gesicht, als wenn er sagen wollte:

Bin ich nicht der reiche Müller (lautes Gelächter), und bin ich nicht der schöne Müller (Lachstürme), und bin ich nicht der witzige Müller« (Orkane von Gelächter ... und besonders laut war die Stimme des Professors zu hören!)
Ich wäre am liebsten im Erdboden versunken, aber das ist mir nicht gelungen, wie es mir auch in meinem späteren Leben bei ähnlichen Peinlichkeiten nie gelungen ist. Also las ich die Geschichte zu Ende.
Der Professor sagte lachend: »Gut gemacht, Müller!«
Markus, mein Banknachbar, grinste mir voll ins Gesicht.
Statt daß er mir zum Geburtstag gratuliert hätte, lachte er mich aus! Danke schön! Vielen, vielen Dank! Genauso hab ich mir meinen Geburtstag vorgestellt! »Pah!« wie Johann Peter Hebels lächerlicher Müller zu sagen pflegte – »Pah!«
Da hatte ich extra meinen neuen Blazer angezogen – und die neue graue Flanellhose. Um mich feiern zu lassen, Leute! Nicht um zum Gespött zu werden!
Beim Heimfahren im Schülerbus wurde ich für all mein Leid vollwertig entschädigt. Biggi saß im selben Bus. Biggi, meine Schulbus-Liebe. Ich weiß nicht, ob ich von ihr schon erzählt habe ... wenn nicht, werde ich garantiert noch von ihr erzählen. Biggi saß also im Bus, mir gegenüber. Damals saß

man noch auf langen Bänken an den Buswänden, als würde man im Gang eines Amtes sitzen und auf die Vorladung warten ... oder auf der Reservisten-Bank, in der Riedenburg-Turnhalle, beim Schulliga-Handballspiel, wenn der Trainer sagt: »Müller bleibt auf der Reservistenbank sitzen, außer es tritt ein Notfall ein, außer alle anderen Spieler brechen sich die Knochen ...« So ähnlich war das damals in den Bussen, man saß aufgefädelt, Rücken zur Wand, und gegenüber saßen die anderen.
Mir gegenüber saß also Biggi.
Wenigstens das!
Der Geburtstag war gerettet.
Was mich irritierte, war nur, daß sie so komisch lächelte, so anders als sonst ... nein, nicht lächelte – grinste!
Und ihre Freundinnen grinsten auch. Sicher hatte Markus, dieser dumme Hund, von meinem Auftritt erzählt, von diesem mir aufgenötigten »bin ich nicht der reiche Müller, und bin ich nicht der schöne Müller, und bin ich nicht der witzige Müller« ... und jetzt lachte mich Biggi aus, ausgerechnet Biggi ... wegen Johann Peter Hebel ... wegen dieser blöden Geschichte ... an meinem Geburtstag ...
... und ich hatte extra den neuen Blazer ... und die neue Flanellhose ... dieses Grinsen! ... Flanellhose ... oh Gott ... ich hab den Reißverschluß offen!

## *Jaqueline muß wahnsinnig von mir enttäuscht sein, dachte ich*

Als ich mir einen Bart wachsen ließ, bekam ich das Buch *Die individuelle Note des Mannes – Der Bart* geschenkt. Als ich die bevorstehende Trennung von meiner Frau bekanntgab, erhielt ich postwendend das Bändchen *Kreative Scheidung* mit ärgerlichen Kapitelüberschriften wie »Der männliche Chauvinismus«, »Du bist nicht der einzige« oder »Wenn der Schmerz verebbt ist«.

Immer klopft einem irgendwer mit einem Buch auf die Schulter – »Kopf hoch, alter Junge, lies erst mal dies!« Ich habe einen ziemlichen Horror vor diesen Entmündigungsbüchern. Sie machen dich noch kleiner, als du ohnehin schon bist, zumal in Krisensituationen. Man kommt sich so mißverstanden vor, wenn man sich einen Bart zulegt und sogleich – ohne daß man es verlangt hätte – von irgendeinem halbwegs vertrauten Menschen ein Pflegeprogramm mitgeliefert bekommt. Als hätte man selbst keine Ahnung von Bärten, als würde ohne Anteilnahme von außen dieser Bart niemals ein Bart werden und schon gar kein ordentlicher Bart. Man sagt: ich lasse mir einen Bart wachsen – und wird gezwungen, sogleich die Geschichte des Bartes zu studieren. Man sagt: ich trenne mich also von meiner Frau – und wird gezwungen, sogleich Sätze zu lesen wie diesen: »... daß wir allein überleben können und daß wir nicht hilflose Opfer unserer Umgebung sind!« Wir sind aber hilflose Opfer, weil uns unsere Umgebung diese Schulterklopfbücher auf den Fußabstreifer legt, wenn wir uns eingeigelt haben in unserer nunmehr alleinstehenden Wohnung und nichts von unserer Umwelt wissen wollen.

Als die Zeitung, für die ich arbeitete, zusperrte, und ich unvorsichtigerweise sagte: ich werde mich künftig auf die Musik verlegen, bekam ich C. V. Rocks Buch *Geld verdienen mit Musik* geschenkt. Man traute mir nicht zu, daß mir der Bart richtig wachsen würde, man traute mir nicht zu, daß ich meine Scheidung überleben könnte, man traute mir nicht einmal Erfolge im Musikgeschäft zu. Dabei hatte ich nicht einmal behauptet, meinen Lebensunterhalt mit der Musik bestreiten zu wollen. Ich hatte lediglich gesagt, ich würde mich künftig auf die Musik verlegen.

Und schon wieder die Hilfsaktionen. Und schon wieder das Aufbauprogramm. Schulterklopfen mit Büchern. Lies das Buch, alter Junge – und dann

mach mal! Verdien dich dämlich mit Musik! Aber zuerst lies dieses Buch!
Ich las es nicht – und bin immerhin ein ganz brauchbarer Schlagertexter geworden. Das heißt, ich habe mich mit ein paar Liedertexten ein paar Jahre lang über Wasser gehalten, finanziell und so, imagemäßig und so.

Anna hatte mich angerufen. Anna ist Schlagerkomponistin. Wir hatten uns bei einer Kabarettaufführung kennengelernt. Ich hatte einen Songtext beigesteuert, ihr hatte der Text gefallen, wir kamen ins Gespräch. So einfach ist das in diesem Geschäft.
Anna rief also an und spielte mir am Telefon ein paar Takte einer neuen Nummer vor. Mir gefiel die Nummer, wir kamen ins Geschäft, so einfach ist das in dieser Branche. Den Text telefonierte ich zwei Stunden später durch. Das Lied war für einen Songwettbewerb gedacht. Wir gewannen damit haushoch bei der nationalen Ausscheidung und jetzt saßen wir im fernen Luxemburg, erste Reihe, erste Plätze – Austria ist wenigstens alphabetisch immer ziemlich vorne dabei – in dieser schmukken Festhalle, auf der Bühne unsere Sängerin, leicht nervös, eine Spur zu verkrampft vielleicht ... und das Kleid war auch nicht so ideal. Es war ein 5. Mai gewesen, 5. 5., und der Freund unserer Sängerin hatte gleich dreimal die 5 im Kennzeichen seines burgenländischen Sportwagens. Außerdem

träumte Anna, der Schlagerkomponistin, in der Nacht vor dem großen Wettbewerb, den eine halbe Milliarde Menschen fernsehmäßig mitverfolgte, mehrmals hintereinander eine Szene, in der die Zahl Fünf eine gewisse Rolle spielte.
Wir wären mit einem fünften Rang durchaus zufrieden gewesen, möchte ich heute sagen, obwohl wir damals eher mit einem Sieg spekulierten. Alle wollen siegen, auch bei Schlagerwettbewerben. Aber bitte, Fünfte zu werden unter 19 Nationen, das ist auch keine Schande.
Wir wurden 19.
Schande!
Konkurrenzlos Letzte.
Abgeschlagen Letzte.
Die Sieger – drei grinsende Knaben aus Schweden, von denen man übrigens auch nie wieder etwas gehört hat – hatten weit über hundert Punkte auf ihrem Konto. Wir hatten 5! Richtig, hatte nicht Anna von der Zahl 5 geträumt?!
Die Sieger feierten wie die Sieger, mit Champagner und so. Wir tranken mit wie die Verlierer. Maßlos. Die anderen klopften uns auf die Schultern – Kopf hoch, Österreicher, und das klang so, als wollten sie sagen: Vielleicht hättet ihr das Buch *Geld verdienen mit Musik* lesen sollen. So ähnlich schrecklich klang dieses »Kopf hoch, Österreicher!«
Wir hatten unser Land blamiert. Okay. Aber vor

allem hatten wir uns selber blamiert. Was wesentlich unangenehmer ist. Vor allem unmittelbar danach, bei der großen, prächtigen Gala-Feier, wenn die anderen aus purer Freude saufen . . . und man selber, um rasch zu vergessen.

Jaqueline muß jetzt wahnsinnig enttäuscht sein von mir, habe ich gedacht.
Jaqueline war die ganze Woche über unsere Betreuerin gewesen. Jedes Teilnehmerland hatte eine eigene Jaqueline zur Seite. Zum Dolmetschen, zum Trösten, zum Herumführen durchs Tages- und Nachtleben. Unsere Jaqueline war ein sonniges Kind. Und jetzt hatten wir sie so enttäuscht. Unsere Jaqueline war die Betreuerin der Letzten, der Allerletzten, der Total-Verlierer geworden.
Daß sie uns daheim, nach der Rückkunft, verspotten würden, das war egal im Moment, daß sie mit den Fingern auf uns zeigen würden – na gut, Künstlerschicksal. Daß uns die Zeitungen verhöhnen, daß sich die Rundfunkanstalt von uns öffentlich distanzieren würde, alles halb so wild. Daß wir Jaqueline enttäuscht hatten, das tat weh! Es war eine rauschende Festnacht, sagten die anderen, die Sieger vor allem. Es soll die Nacht der Nächte gewesen sein. Unser Flugzeug ging am nächsten Morgen. Schlafen konnten wir sowieso nicht. Wir tranken und tranken und wurden immer nüchterner dabei. Wir taumelten hinter den anderen her.

Wir entschuldigten uns sogar bei den Zimmermädchen, daß wir Letzte geworden waren. Die Zimmermädchen sagten nur: »Kopf hoch, Österreicher!«

Wie gerne wären wir wenigstens Vorletzte gewesen. Aber wir waren die Letzten, die absolut und unwiderruflich Letzten!

»Dein Text war wunderbar!« sagte Jaqueline, die wie ein Lebensengel auf meinen Gefühlsfriedhof geflattert war, und drückte mir einen kleinen Kuß auf die Wange. Ich kam mir wie ein Sieger vor. AUSTRIA – 1000 POINTS!

Jaqueline hätte mir alles gegeben in dieser Nacht. Sie sagte: »Komm, laß uns schwimmen gehen!« und zwinkerte dabei mit dem Auge.

Ich sagte: »Geh schon mal voraus. Ich komme gleich!«

Das Hotelhallenbad war sicher menschenleer. Menschenleer und warm, und draußen begann ein schöner Morgen zu dämmern.

Ich fuhr mit dem Lift hinauf, sechster Stock, Zimmer 613. Ich nahm einen Whiskey-Schluck aus der Hotelzimmer-Bar, dann schlüpfte ich in meine Badehose.

Ich weiß auch nicht wie, aber plötzlich konnte ich den Zimmerschlüssel nicht mehr finden. Das Bescheuerte an der Situation war, daß ich zugesperrt hatte und den Schlüssel nicht mehr fand. Jaqueline schwamm einem schönen Morgen entgegen, und

ich steckte in der Falle. Ich telefonierte die Hotelrezeption an, aber keiner hob ab. Es war die Nacht der Nächte, sagten die anderen.
Den Schlüssel fand ich nach vier Stunden Suchen, Kühlschrank, Eiswürfel-Fach. Keine Spur mehr von Jaqueline. Und unser Flughafen-Bus stand auch schon bereit. Ade, fremde Stadt! Ade, fremdes Mädchen! Ein Verlierer verläßt die Stätte seiner Niederlage.
Am Schluß wären sie alle nackt im Hotel-Hallenbad geschwommen, erzählten mir die anderen im Flugzeug, gleich nach dem Abheben. Alle! Alle nackt! Auch diese beiden hübschen Chormädchen vom finnischen Team. Auch diese italienische Journalistin, du weißt schon. Auch Jaqueline. Sie habe sich extra nach mir erkundigt. Wo ich denn gewesen sei? Nackt! Im Hotel-Hallenbad! Da hast du was versäumt, alter Junge!
Ich nehme an derlei Wettkämpfen nicht mehr teil. Ich hasse es, wenn sie mir nach den Niederlagen auf die Schulter klopfen, mit den Händen oder mit den Büchern. Ich schwimme nie nackt in irgendwelchen Hotel-Hallenbädern herum.
Ich brauche euer Mitleid nicht! Und eure Bücher auch nicht! Schon gar nicht *Nicht so schüchtern! So helfen Sie sich selbst aus Ihrer Verlegenheit* von Philip G. Zimbardo.
Und schon überhaupt nicht *Kopf hoch! Wie man Krisen bewältigt*. Das schon überhaupt nicht!

## *Ich bin halt ein eifersüchtiger Kerl, Silvie!*

Wir tranken Cola-Rum.
Sie hatte sich an meinen Tisch gesetzt. »Ich heiße Silvie! Du lädst mich doch auf ein Cola-Rum ein, oder?«
Der Alleinunterhalter an seiner Hammondorgel spielte gut.
»Er spielt gut«, sagte ich.
»Stehst du auf ihn?« fragte Silvie.
»Ich wäre auch fast Musiker geworden«, sagte ich.
»Und was bist du geworden?«
»Ich bin Schriftsteller!«
Irgendwie sah Silvie einer Schauspielerin vom Stadttheater ähnlich.
»Weißt du, daß du einer Schauspielerin vom Stadttheater . . .«
»Ich weiß!«
Jetzt sang der Alleinunterhalter »Jealous Guy« von John Lennon . . . I'm sorry that I made you cry . . . tut mir leid, wenn du weinst, meinetwegen . . . ich

wollte dir nicht weh tun ... und so ... ich bin halt einfach ein eifersüchtiger Kerl ...
Bei »Jealous Guy« krieg ich heute noch feuchte Augen.
»Falls du doch auf ihn stehst«, sagte Silvie, »ich meine, ist ja nichts dabei ... er steht auch drauf ...«

Zwei Uhr früh. Daheim schlief Claudia. Seit Stunden schlief sie schon. Ich war mit diesem verdammten Text nicht weitergekommen. Ich mußte einfach weg, raus, abschalten, bißchen rumlaufen.

»Ich könnte auch als Fotomodell arbeiten«, sagte Silvie.
»Selbstverständlich«, sagte ich, »jederzeit! Mit deiner Figur ... und überhaupt!«
»Und was schreibst du so?«
Ich erzählte ihr von meinen Geschichten. »... und die andere heißt *Wie man mit Brillen Tabellen liest* und dann noch ...«
Ich kam mir irgendwie ziemlich blöd vor, in diesem Moment.
Silvie sah mich an, als wollte sie sagen: »Komm endlich zu dir, Junge!«
»Darf man das Knie berühren?« fragte ich.
»Darf man!« sagte sie.
»Weißt du, eigentlich liebe ich Claudia sehr«, murmelte ich.
»Selbstverständlich«, sagte Silvie.

»... obwohl sie so ganz anders ist als ich. Darf man durchs Haar fahren?«
»Darf man ... wenn man zwei Cola-Rum dazubestellt!«
Silvie sah der Schauspielerin vom Stadttheater wirklich verblüffend ähnlich.
»Und warum arbeitest du nicht als Fotomodell?« fragte ich, »warum arbeitest du hier, in dieser ... entschuldige ... in dieser ...«
»Ach, laß das«, fuhr mir Silvie ins Wort, »erzähl lieber von deinen Geschichten. Also, wie liest man mit Brillen Tabellen? Na?«
Das war ohnehin nicht meine beste Geschichte. Eigentlich war es überhaupt keine Geschichte. Es war ein experimenteller Text, aus meiner Frühzeit irgendwie, eine Collage aus lauter fremden Texten, aber der Titel war von mir. Außerdem wollte ich nicht über meine Geschichten reden. Wenn schon, dann über diese eine, mit der ich mich gerade so quälte.
»Das mit den Brillen ist nicht so besonders«, sagte ich. »Zur Zeit arbeite ich an einem längeren Prosawerk mit dem vorläufigen Titel *Der Stein des Kobolds*!«
Silvie lächelte. Ich drücke mein Knie ein bißchen fester an ihr Knie. »Zwei Cola-Rum!« rief Silvie zur Theke.
»Ein vorläufiger Titel, wie gesagt«, sagte ich.
Der Alleinunterhalter hatte zu spielen aufgehört.

Jetzt saß er an der Bar und rauchte eine Zigarette.
»Also«, sagte Silvie.
»Also ... *Der Stein des Kobolds* handelt irgendwie davon, daß sich alles ständig in Bewegung befindet. Ich meine, Heraklit hat gesagt: ›Panta rhei‹, alles fließt. Ich sage aber: alles fließt, und alles steint. Das ist jetzt ein bißchen kompliziert. Also, natürlich steint nicht alles. Der Fluß kann nicht steinen, der Fluß fließt, oder eigentlich müßte man sagen: der Fluß flußt. Genau! Der Fluß flußt, und der Stein steint. Er verändert sich also dauernd, und zwar als Stein. Das Wasser verändert sich selbstverständlich milliardenmal schneller als der Stein, aber trotzdem ist der Stein in einer Bewegung. Man könnte auch sagen: der Mensch menscht, der Himmel himmelt, Gott gottet, ja wirklich, sogar das könnte man sagen! Die Hand zum Beispiel ... wenn du die Hand auf und zu machst, wann geht dann die flache Hand in eine Faust über, ab wann kann man von einer Faust sprechen, ab jetzt? Oder erst ab jetzt? Ist die Faust ein Ding, ein Gegenstand? Oder ist die Faust nur der Stillstand in einer Bewegung? Oder das Knie!«

Silvie drückte ihr Knie an meines, so heftig, daß ich erschrak.
»Eigentlich gibt es nichts Hartes«, sagte ich laut, ich war ziemlich in Fahrt gekommen, »es gibt nichts Hartes und Festes, alles ist in ständiger

Bewegung. Der Tisch hier zum Beispiel ist gar kein Tisch sondern ein Tischen, verstehst du? Oder die Hammondorgel . . . oder das Cola-Glas . . .«

»Gibt nichts Hartes?« grinste Silvie, »armer Bub! Aber ein Cola-Rum schaffen wir schon noch, wir beide, oder?«

»Nein, danke«, sagte ich rasch, »und außerdem muß ich nach Hause!« Ich versprach wiederzukommen.

»Kannst mir ja was Schönes vorlesen!«

Ich wollte wiederkommen.

Ich kam wieder.

Claudia war für ein Wochenende nach Budapest gefahren – Firmenausflug. Ich haßte ihre Firmenausflüge. Ich haßte ihre Kollegen! Den Johannes, der sie mittags in der Firmenkantine immer auf ein Eis einlud.

»Stell dir vor, der Johannes hat mich heute mittag schon wieder auf ein Eis eingeladen! Süß von ihm, oder?« Den Johannes haßte ich besonders! Und den Herrn Lamm! Und den Herrn Karlsberger! Und all die anderen!

Ich war ein verdammt eifersüchtiger Typ damals. Claudia war also in Budapest (ich hab heute noch dieses Foto: Claudia lächelt in die Kamera wie ein Unschuldsengel, ein schmieriger Stehgeiger geigt ihr was ins Ohr, neben ihr sitzt dieser Johannes und schmachtet sie an . . . und vor ihr, auf dem

Tisch mit den unzähligen Weingläsern steht ein gigantisch bunter Eisbecher! Wie ich diesen Johannes haßte!!). Mir war so nach »Jealous Guy« zumute.
Silvie saß mit einem Typen an der Bar. Den kannte ich sogar! Vom Bundesheer, klar! Reserveoffizier oder so. Er hatte seine Hand auf ihrem Knie.
Ein anderes Mädchen kam. Aber ich hatte mich so auf Silvie gefreut. »Dann machen wir halt einen kleinen Change, extra für dich, Darling«, sagte das Mädchen.
Der Offizier und die Schauspielerin, dachte ich. Das Mädchen und der Dichter . . .
Dann kam Silvie.
Die Schauspielerin und der Dichter.
Im Stadttheater hatten sie vor ein paar Monaten den »Reigen« von Schnitzler gespielt, Tourneetheater, ziemlich mittelmäßige Aufführung. Der Dichter verbringt eine Nacht bei der Schauspielerin, dann bezirzt die Schauspielerin den Grafen . . . oder so ähnlich . . .
»Der Herr da drüben hat Sekt bestellt«, sagte Silvie.
»Ich bestelle auch Sekt«, sagte ich.
»Der Sekt fließt, stimmt's?« grinste Silvie.
»Der Sekt sektet«, sagte ich. »Auf dein wohles Wohl!«
»Übrigens, bei Sekt darf man auch die Wange küssen!« sagte Silvie.
Ich küßte ihre Wange.

»Wie geht es Claudia?«
Ich erzählte von diesem gräßlichen Johannes, von Herrn Lamm und Herrn Karlsberger. Ich bestellte »einmal Jealous Guy, bitte«, und der Hammondorgel-Spieler sang es zum Weinen schön.
»Warum nennst du dein Buch nicht *Die rote Laterne*?« fragte Silvie.
»Ich versteh nicht . . .«
»Naja, du mußt dein Buch *Die rote Laterne* nennen! Dann kauft sie jeder Schwanz, sag ich dir!«
»Aber in meinem Buch kommt keine rote Laterne vor!«
»Und?« meinte Silvie. »Wie heißt dieser Laden?«
»Kolibri!« sagte ich.
»Okay – und wo sind die Kolibris?«
»Aber ein Buch ist doch kein Animierlokal!« rief ich empört.
»Bist du sicher?« fragte Silvie, und ich merkte plötzlich, daß ich ziemlich betrunken war.

Am nächsten Abend kam ich wieder.
»Ist Claudia noch nicht zurück?« fragte Silvie.
»Sie wird bald kommen«, antwortete ich. »Ich wollte dir nur rasch was vorlesen!«
»Sekt?«
»Cola-Rum. Ich bin ziemlich blank, verstehst du?«
»Okay, machs kurz, Darling!«
»Also, ich habe heute extra einen Text geschrieben

... weil du gesagt hast... das mit der roten Laterne ... also irgendwie etwas Erotisches, wenn ich das richtig kapiert habe ...«
»Okay, also, ich hör ja zu!«
»Okay. Das ist wie ein Film. In der langen Geschichte, an der ich arbeite, vom Fließen und vom Steinen und so ... und vom Tischen und vom Gotten ... also, da kommt dieser Film vor!«
»Tut mir leid«, unterbrach mich Silvie, »ich brauch noch ein Cola-Rum, Okay?«
»Okay. Und jetzt der Film. Zwei Menschen liegen wie tot auf einem zerwühlten Leintuch. Plötzlich dreht er sich über sie, steckt seinen weichen Schwanz sehr rasch in ihre Scheide. Beide schreien, schwitzen, haben eine rötliche Haut, während sie sich erst rasend schnell, dann allmählich langsamer werdend ineinander bewegen. Am Schluß der Szene zieht er sein festes, hartes Glied aus ihrem Geschlecht, sie streichelt es solange, bis es klein geworden ist. Dann ziehen sich beide an, gehen langsam verkehrt aus dem Schlafzimmer, um drüben im Wohnzimmer ziemliche Mengen Rotwein in zwei Gläser zu spucken und aus dem Aschenbecher Nikotinreste in den Mund zu nehmen und solange daran zu saugen, bis richtige Zigaretten entstanden sind.«

Claudia kam zurück. Sie zeigte mir das Foto mit dem Geiger und dem gigantisch bunten Eisbecher.

Ich machte ihr eine Szene. Ein Jahr später war die Scheidung.
Silvie hab ich nie mehr besucht. Sie hätte wirklich auch als Fotomodell arbeiten können. *Die rote Laterne* hab ich nicht geschrieben. Falls es ein Buch mit diesem Titel geben sollte, dann ist es nicht von mir.

## *Der letzte Tag mit Chris kam ganz ruhig*

Sie trug ein zitronengelbes Kleid.
Mit einem braunen Gürtel.
Und Sandalen.
Sie hatte langes schwarzes Haar und eine Sommerhaut.
Sie lächelte.
Die alte Dame, bei der sie sich untergehakt hatte, machte kleine Schritte ... eins, zwei ... eins, zwei ... eins, zwei.
Sie kamen langsam voran.
Aber das machte nichts.
Ich saß im Schatten eines Kastanienbaumes. Auf einer Parkbank aus dem Jahre Schnee.
Ich hatte dieses Buch in meinen Händen: *Die Zukunft hat schon begonnen.*

Hellbrunn ist ein verzauberter Ort.
Mit Göttern aus Stein und geheimnisvollen Teichen.

Mit magischen Zahlen auf Obelisken und Totengetier in kalten Höhlen. Ein Erzbischof hat diesen Park anlegen lassen, vor langer Zeit, als es noch Götter gab . . . und Menschen, die an sie glaubten.

Sie war wie aus einer anderen Welt.
Sie hatte Sterne in den Augen.
Die alte Dame sagte: »Bis zur nächsten Bank. Wenigstens noch bis zur nächsten Bank!«

Ich hatte gerade gelesen von unserer Zukunft, vom Griff nach der Natur, vom Griff nach dem Weltraum, vom Griff nach dem Himmel. Ich hatte diesen Satz vor mir: »Es geht um Gottes Thron. Gottes Platz zu besetzen, seine Taten zu wiederholen, einen eigenen menschengemachten Kosmos nach menschengemachten Gesetzen der Vernunft, Vorhersehbarkeit und Höchstleistung neuzuschaffen und zu organisieren: das ist das wirkliche Fernziel Amerikas.«
Das wirkliche Fernziel dieser Welt.

Sie saßen ganz in meiner Nähe: die alte Dame und das Mädchen wie aus einer anderen Welt.
Ich las von den Kalkulationsfehlern künftiger Plan-Statistiker, vom Versagen späterer technischer Apparaturen, vom Leid, das über kommende Generationen hereinbrechen wird.
Die alte Dame hatte die Augen geschlossen.

Mein Mädchen lächelte.
Wir schauten uns in die Augen. Das war wie eine Verabredung. Die alte Dame sagte: »Mir ist kalt«, und dann gingen die beiden, so langsam, wie sie gekommen waren. Eins, zwei . . . eins, zwei . . .

Wir trafen uns am nächsten Tag.
Zur gleichen Stunde.
Am gleichen Ort.
Sie hieß Chris und war auf Besuch in unserer Stadt.
Bei der Großmutter. Das erstemal seit langer Zeit.
Sie zeigte mir Fotos von ihrer Schwester, die vor kurzem zur Welt gekommen war. Drüben in Amerika.
Ich machte Fotos von Chris, an allen verwunschenen Plätzen von Hellbrunn.
Bei den steinernen Delphinen.
Bei den Einhörnern.
In der Grotte der Liebesgötter.
Bei den Wunderblumen.
Im Felsentheater.
Vor dem Bild mit dem achtbeinigen Gaul.

Sieben Wochen lang eine andere Welt.
Mit Sternen und Wasserfällen.
Mit Sonnenaufgängen.
Sonnenuntergängen.

Der letzte Tag kam ganz ruhig.

Ich half ihr beim Kauf einer Krawatte für ihren Vater.
Ich war nicht einmal am Flugplatz.
Es gab keine Tränen.
Die Vergangenheit hatte schon begonnen.

Mit einem Lächeln.

## *Funksprüche aus einem ägyptischen Klo*

Herbert W. Frankes Science-Fiction-Sammlung *Zarathustra kehrt zurück* las ich in einer April-Nacht in einem ägyptischen Klo. Jedenfalls die Geschichte »Signal zum Überleben«.

»Ich habe euch zusammengerufen, weil wir uns keine Illusionen über unsere Lage machen dürfen«, sagt ein gewisser Buck, Raumschiff-Kommandant, seinen Leuten nach der Notlandung auf dem unbewohnbaren Planeten ...

Ich hatte den Verriegelungsbolzen abgerissen, und die Klotüre ließ sich nicht mehr öffnen. Da sich das Gästeklo in einem abgelegenen Trakt des Hauses befand und außerdem alle anderen tief schliefen nach den Aufregungen dieses Tages, hörte niemand meine Klopfzeichen und meine Hilferufe.

Mein bester Freund war nach Ägypten gereist, um eine Ägypterin zu heiraten. Ich war ihm nachgereist, um den Trauzeugen zu spielen. Seine Familie war uns nachgereist, um die Hochzeit zu verhindern. Ich kam gerade noch zurecht. Die Familie kam gerade schon zu spät. Am Abend war ich angekommen. Am Vormittag trat mein Freund zum mohammedanischen Glauben über, zu Mittag wurde geheiratet, am Nachmittag fiel ich von einem Kamel. Am Abend kam der Anruf aus dem Hilton – seine Familie! Aber da war alles schon gelaufen. Und jetzt stand ich in einem ägyptischen Klo, von der Umwelt abgeschnitten, höllische Schmerzen in den Hüften, in den Armen, in den Beinen.

»Kann uns denn niemand helfen?« fragt Theresa von der Raumschiffbesatzung. Und Maud, die Navigatorin, antwortet ihr: »Kaum anzunehmen, daß jemand unsere Funksprüche auffängt, es sei denn . . .«

Das Schlimme an der ganzen Sache war, daß ich mich nicht einmal auf den Klodeckel setzen konnte. Ich hatte Prellungen am ganzen Körper, und das Klo war hoffnungslos verstopft.

Die anderen schliefen tief und fest nach den Aufregungen dieses Tages: Braut und Bräutigam, die Eltern der Braut, die Eltern meines besten Freundes, die gleich nach dem Telefonat angebraust kamen, schnaubend und herzinfarkt-gefährdet, und sich nur mit vielen ägyptischen Schnäpsen halbwegs ruhigstellen ließen. Jetzt schliefen sie im Zimmer neben den Braut-Eltern, die Braut schlief im Bett der Eltern, gemeinsam mit den Eltern im selben Bett, und mein Freund verbrachte seine Hochzeitsnacht mutterseelenallein auf dem Diwan im Wohnzimmer. Mein Bett stand im abgelegenen Trakt des Hauses. Und ich stand in der Toilette, eingesperrt, abgekapselt von der Umwelt, von Schmerzen geplagt und las diese aussichtslose Geschichte von der Notlandung eines Raumschiffes auf einem unbewohnbaren Planeten.

Vielleicht war wirklich die Freundin der Frau meines Freundes schuld gewesen. Wir hatten gemeinsam die schmucklose Trauung hinter uns gebracht, wir hatten gemeinsam im Fischrestaurant am Nil zu Mittag gegessen, wir waren gemeinsam zu den Pyramiden gefahren – mein Freund, seine Frau, ihre Freundin und ich.

Wir hatten uns die Kamele gemietet, und jetzt ritten wir um die Cheops-Pyramide und die Sphinx. Das heißt: die Kamele trabten, von jungen Burschen geführt, gemächlich um die Cheops-Pyramide und um die Sphinx. Die Freundin der Frau meines Freundes ritt die ganze Zeit neben mir. Manchmal lächelte sie zu mir herüber, und ich lächelte höflich zurück. Mehr war da nicht.

Und dann die Katastrophe. Mein Kamel begann sich im Kreis zu drehen, immer schneller und bockiger, mein Kamelführer rannte davon und deutete mir, ich solle abspringen, unverzüglich abspringen.

Ich versuchte unverzüglich abzuspringen, aber irgendwie verfing sich mein Fuß im Sattelknauf, und ich stürzte wie ein Stein zu Boden, in den Sand, der hart war wie Beton. Das Kamel lief davon, die anderen liefen her, nur das ägyptische Mädchen blieb auf ihrem Kamel sitzen, und ich glaube, sie grinste sogar.

Natürlich grinste sie, fiel mir ein in dieser langen, schmerzhaften Nacht im ägyptischen Klo.

»Sie hat den bösen Blick«, erklärte mir die Frau meines Freundes, als sie mir die Arme und die Beine mit einer fetten Creme einrieb.

Ich glaube nicht an den bösen Blick, ich war nur etwas nachdenklich, weil mir die Frau meines Freundes am Morgen vor der Trauung aus dem Kaffeesud des Hochzeitsfrühstücks »Gefahren durch eine Frau« herausgelesen hatte. Ich hatte an Gefahren durch eine Frau zu Hause gedacht, in der Firma, da gab es immerhin Waltraud, und die hätte mir damals schon gefährlich werden können. Aber dann fiel ich ein paar Stunden nach der Prophezeiung vom Kamel, nachdem ich eine Zeitlang neben einer Frau geritten war, die angeblich den bösen Blick hatte.

Ich wollte nicht länger über diese Zusammenhänge nachdenken, zumal meine Schmerzen eine intensivere Gedankenarbeit gar nicht zuließen. Am Abend, als die Eltern meines Freundes schaubend und herzinfarkt-gefährdet antanzten, um ihren Sohn zu entführen und die Braut zu ermorden

zumindest, am Abend hatte ich wenigstens noch sitzen können. Aber jetzt arbeiteten die Prellungsschmerzen meinen ganzen Körper auf, Zelle um Zelle, Muskel um Muskel, und außerdem war ich eingesperrt in einem verdammten, stinkenden, unbewohnbaren fremden Klo.
Da sitzen sie also in ihrem Raumschiff, Buck, Theresa, Maud und die anderen und warten auf Hilfe. Endlich kommt ein Funkspruch. Funkspruch von einer fremden Intelligenz.
Maud sagt: »Es handelt sich um einen Binärcode, und zwar enthält die Botschaft genau 410 881 Zeichen. Das ist die dritte Potenz der Primzahl 641, und das wiederum bedeutet, daß man uns ein dreidimensionales Bild gefunkt hat.«
Ich habe also eine komplette Nacht auf einem ägyptischen Klo verbracht, weil mir der Verriegelungsbolzen abgerissen war und die anderen wie die Ratten schliefen nach den Aufregungen dieses Hochzeitstages.
Man fand mich erst am Vormittag. Die anderen hatten lange geschlafen. Mein Freund, seine Frau, die Eltern der Braut, die Eltern meines Freundes. Sie hatten wohl gedacht, ich schliefe auch lange, nach den Aufregungen dieses Tages, nach meinem Sturz vom Kamel, nach den vielen ägyptischen Schnäpsen gegen den Schmerz. Aber ich hatte überhaupt nicht geschlafen. Ich war vor dem Schlafengehen aufs Klo gehumpelt, und dann war der

Verriegelungsbolzen abgerissen. Mit dem entsprechenden Werkzeug hatten sie die Klotüre in zehn Sekunden offen. Dann trugen sie mich in mein Bett.

Die nächsten vier Tage und Nächte konnte ich mich nicht mehr rühren. Man holte einen ägyptischen Doktor, aber der stellte auch nur Prellungen an Armen und Beinen und Hüften fest und verordnete mir viel Ruhe und dieselbe fette Creme, mit der sie mir ohnehin dreimal täglich die Arme, die Beine und die Hüften einrieben.

Die Lage besserte sich langsam. Ihre Eltern und seine Eltern tranken noch viele ägyptische Schnäpse miteinander, mein Freund und seine Frau schauten ziemlich verliebt drein. Die Raumschiffbesatzung hat aus diesem merkwürdigen Funkspruch die richtigen Schlußfolgerungen gezogen. »Ich glaube, nun weiß ich, was es ist«, sagt Abram. »Das hier sind Kohlenstofftetraeder, und hier haben wir einen Benzolring. Es handelt sich um ein Molekül!« Und dann destillieren sie aus dieser Komplexverbindung mit dem Schwermetall Palladium als Mittelpunkt die Ursuppe, den Urbaustein aller organischen Substanzen, schütten sie in den Ozean und werden aller Voraussicht nach überleben. Sobald ich gehen konnte, reiste ich nach Hause zurück.

Mein Freund und seine Frau ließen sich nach einem Jahr Ehe wieder scheiden.

Von diesem ägyptischen Mädchen mit dem bösen Blick habe ich nie mehr etwas gehört. Ich habe auch nie mehr ein Kamel bestiegen. In ägyptischen Toiletten werde ich nie mehr den Verriegelungsbolzen zuziehen.

Ich lasse mich nicht mehr so leicht in den Sand zwingen.

Ich bin vorsichtig geworden, wenn mir Frauen in die Augen schauen.

## *Anita und die letzte Papierrose*

Ich hasse Waffen. Ich verstehe den Sinn von Böllerschüssen nicht. Ich haderte jahrelang mit Buffalo Bill, weil er in sechs Monaten 4280 Büffel abknallte und weil er nach seiner aktiven Trapperzeit in dämlichen Wild-West-Shows als Scharfschütze auftrat.

»Wenn sich die kreischenden, barbarischen Indianer auf ihre armen, weißen Opfer stürzen«, lese ich auf einem alten Programmzettel im Buch *Manege frei – Artisten- und Circusplakate von Adolph Friedländer*, ». . . dann prescht im allerletzten Moment ein Rettungskommando herbei, angeführt von keinem anderen als Buffalo Bill. Und das alles für 50 Pfennig!«

Wenn in den Zirkussen die Kunstschützen an der Reihe waren, hielt ich mir immer die Ohren zu, wie ich mir neulich beim großen Trachtenumzug in unserer Stadt die Ohren zuhielt, als die Prangerstutzenschützen an der Reihe waren. Ich hasse

Waffen. Ich hasse Geräusche, die nach Waffengeräuschen klingen. Ich schieße schon lang niemandem mehr eine Papierrose aus der Kirtagsbude.
Mir imponiert nicht einmal die legendäre Meisterschützin Annie Oakley, die im Jahr 1902 dem deutschen Kaiser Wilhelm dem Zwoten bei einer Wild-West-Vorführung eine Zigarette aus dem Mund schoß. Auch ein Kaiser, der sich eine Zigarette aus dem Mund schießen läßt, imponiert mir nicht.
Eine Zeitlang liebte ich meinen Stoppelrevoler über alles, eine Zeitlang spielte ich am liebsten mit meinem Spielzeugpanzer, der sechzig Grad steile Holzbretter bergauffahren konnte. Auch die SS-Puppen mit der Hitlerfahne, die am Dachboden in einer grünen Palmersschachtel verstaut waren, waren mir einmal hübscher Zeitvertreib. Aber seit ich unterscheiden kann, seit ich meine Gefühle ein bißchen unter Kontrolle habe, seither sind mir Waffen verhaßt und alles, was mit Waffen zu tun hat.
Meine letzte Papierrose schoß ich im Sommer vor dem letzten Schuljahr. Feuerwehrfest in einem kleinen Ort in der Steiermark, in der Gegend, die sie »Roseggers Waldheimat« nennen. Ich war mit meiner Großmutter unterwegs. Sie wollte alte Verwandte besuchen, ich hatte zu Hause nichts zu tun und niemanden, der das mit mir gemacht hätte. Totale Stillstandzeit. Die siebte Klasse hatte ich in

Wahnsinnsmanier hinter mich gebracht, zwei Zweier im Zeugnis, sonst nichts als Einser, und bei der inoffiziellen Zeugnisverlesung im Biergarten neben der Schule hab ich für jedes Sehrgut eine Halbe Bier aussaufen müssen. Ich weiß nicht mehr, wie lange ich bewußtlos war, ich weiß auch nicht mehr, ob diese Reise aufs Land irgendwie therapeutisch verordnet war. Großmutter und ich, wir besuchten unentwegt Gräber und Verwandte, und ich mußte mir hundert Geschichten anhören, die mich nicht interessierten.

Anita ging in die Berufsschule, Kellnerinnenlehre. Sie zeigte mir die Stelle, wo vor einem halben Jahr der Bach über die Ufer getreten war. Sonst war nicht viel los in dieser öden Gegend. Ach ja, das Feuerwehrfest. Großmutter war bei Verwandten, ich ging mit Anita zum Feuerwehrfest.

Peter Rosegger ging mir damals ziemlich auf die Nerven. Ich konnte mit dem Kerl nichts anfangen. In der Schule hatten wir ihn nur am Rande gestreift. Jeder, der hörte, daß ich nicht von hier war, fragte mich, was ich vom Rosegger hielte.

Ich hielt nichts von ihm, er war mir schlichtweg egal.

Es war mein erstes Feuerwehrfest. Ich schoß meine erste und letzte Papierrose. Ich weiß nicht mehr, wie Anita aussah, ich weiß nur mehr, daß das Grillhuhn, das wir aßen, ziemlich verkohlt war, und daß es bald zu regnen begann.

Anita nahm mich mit zu Freunden. Ute und Bernhard aus Hamburg, die jedes Jahr in dieser Gegend Urlaub machten. Die anderen Namen weiß ich nicht mehr. Ute war die älteste von uns. Sie war es auch, die dieses Spiel vorschlug: Stadt, Land, Fluß. Und dabei zwinkerte sie mit dem linken Auge, und die anderen grinsten.
Das war im Zimmer von Ute und Bernhard im Gasthaus, in dem sie wohnten. Aber ob Ute und Bernhard zusammengehörten, weiß ich nicht mehr. Stadt, Land, Fluß, das kannte ich auch – Geographie zählte zu jenen Fächern, die mir am Schulschlußtag diesen erbärmlichen Rausch eingebracht haben.
Wir losten einen Buchstaben aus, und jeder im Kreis, in Uhrzeigerrichtung, mußte eine Stadt mit diesem Buchstaben nennen, ein Land oder einen Fluß. Und wer nichts mehr wußte ... der mußte ein Kleidungsstück ablegen. Das war mir neu an diesem Spiel. Das war mir über alle Maßen peinlich an diesem Spiel. Anita war die Erste, beim Buchstaben K. Dabei gab es Unmengen an Städten und Flüssen und Ländern, die mit K beginnen. Ich wollte Anita ein rettendes Wort zuflüstern, aber da schrien die anderen auf, Schummeln sei verboten.
Draußen ging ein Gewitter nieder. Man hörte die Sirene der Feuerwehr, und ich wußte nicht, ob das zum Fest gehörte oder ob die Typen wirklich ausrücken mußten. Die anderen taten so, als hätten

sie nichts gehört, so vertieft waren sie in dieses seltsame Spiel. Ich wußte viel, an diesem Abend. Ich wußte alles. Ich war unheimlich in Form. Die anderen saßen in ihrer Unterwäsche auf den Sofas und Holzbänken. Ich hatte noch keinen einzigen Fehler gemacht, obwohl Anita mir einmal fast ein falsches Wort eingeredet hätte. Die anderen verzogen sich in dunkle Ecken. Ich war der strahlende Sieger. Es hatte zu regnen aufgehört. Anita wollte, daß ich bleibe. Aber ich wollte gehen.

Es hatte tatsächlich gebrannt. Der Blitz hatte in einen Heustadel eingeschlagen. Aber jetzt saßen die Feuerwehrleute längst wieder im Bierzelt und tranken weiter.

Anita kam mir nachgelaufen. Ich legte meinen Arm um ihre Schulter, und wir gingen den Bach entlang, der vor einem halben Jahr über die Ufer getreten war.

Die Gewitterwolken hatten sich verzogen, der Himmel war wieder sternenklar, eine warme, dampfende Augustnacht. Anita und ich saßen bis zum Morgengrauen auf dieser einsamen Wiese, eine halbe Stunde oberhalb des restlichen Lebens. Mir fielen so viele Städtenamen ein, so viele Namen so vieler Flüsse. Vielleicht wußte ich damals schon zu viel von der Welt.

Am nächsten Tag fuhren wir nach Hause zurück, Großmutter und ich. Anita hatte die Papierrose in

der Hand, als ich ihr den Abschiedskuß gab. Als der Bus abfuhr, warf sie die Rose weg.
Rose weg, Rose wegger ... Rosegger ... Ratten ... Rettenegg ... Raab ... Rhein ... Rimini ... Rio de Janeiro ... Rom ... Rumänien ... Rhodos ... Rijeka ... Ruanda-Urundi ...
Ich bin noch immer gerüstet für diese Spiele, obwohl mir in letzter Zeit das eine oder andere Mal ein bestimmtes Wort nicht einfällt. Ich hab das Spiel seit damals nicht mehr gespielt. Ich hab auch nie mehr eine Papierrose geschossen.

## *Elvira war auch so eine Enttäuschung*

Die Männer haben mir andere Bücher geschenkt. Mein Freund Clemens das Buch *Vom Nachteil, geboren zu sein* von E. M. Cioran, mit einem dicken roten Punkt neben diesem Satz: »Man möchte zuweilen ein Kannibale sein, nicht um den oder jenen aufzufressen, sondern um ihn auszukotzen.«

Nach der Arbeit haben wir uns oft in einer billigen Stadt-Disco getroffen, Clemens und ich, und haben eine halbe Nacht lang über so einen Satz diskutiert. Großkotzige Sätze, und parallel dazu, mit den Augen, haben wir die Mädchen gemustert, haben um noch ein Bier und noch ein Bier Tänze verwettet. Und manchmal ist es gutgegangen, und dann haben wir den tanzenden Mädchen unsere großkotzigen Sätze ins Ohr geflüstert, die Weisheiten des Jack Kerouac, die geheimnisvollen Sprüche des Allen Ginsberg. Und wenn ich nach Hause gekommen bin, nach einer halben Nacht mit diesen tänzelnden Gesprächen, hat sich Andrea wütend in unserem gemeinsamen Bett umgedreht, denn ich war damals mit Andrea zusammen, vor allem wenn ich sie mit einem Satz wie diesem aus dem Schlaf weckte: »Man möchte zuweilen Kannibale sein, nicht um den oder jenen aufzufressen, sondern um ihn auszukotzen.«

Mein Freund Clemens kam eines Nachts von einem unserer immer zahlreicher werdenden Disco-Gesprächen nach Hause, nach sehr vielen Flaschen Bier und wenigen Tänzen, volltrunken oder besser: stockbesoffen, erwischte, als er sich ebenso plötzlich wie heftig übergeben mußte, die falsche Türe und kotzte anstatt ins Badezimmer in Julias Plattenschrank, in dem sich neben dem Woodstock-Album und fast allen Langspielplatten der Kinks auch die klassischen Platten ihrer Eltern befanden. Von dieser Nacht an haben wir unsere Räusche zu kontrollieren versucht.

Andrea gibt es längst nicht mehr.

Julia ist lange schon mit einem anderen verheiratet. Aber die Bücher von Kerouac und Ginsberg hab ich noch ... und dieses Bändchen – *Vom Nachteil, geboren zu sein.*

Die Männer haben mir immer andere Bücher geschenkt. Onkel Adolf das Buch *Wie funktioniert das,* als sich – ich war damals wohl zwölf – abzuzeichnen begann, daß mir das Gespür für das Handwerkliche, für die technischen Facetten des

Lebens, total abgeht, Onkel Rudolf das Buch *Was fliegt denn da*, das, wie es im Klappentext heißt, vollständige Taschenbuch der Vogelarten Mitteleuropas. Mit über 700 Tafelbildern, 512 davon bunt ausgeführt.
Onkel Karl, der glatzköpfige, sportlich aktive Bekannte meiner Mutter, hatte mir eines Winterabends Ende der fünfziger Jahre, ich weiß es noch wie heute, die beiden großformatigen Bände *Die olympischen Winterspiele 1936, Garmisch-Partenkirchen* und *Die olympischen Sommerspiele 1936, Berlin* vorbeigebracht, leihweise. Und ich verliebte mich noch in der ersten Nacht in Jesse Owens, den schwarzen Athleten, der nicht weniger als vier Goldmedaillen erringen konnte, Berlin 36, vier Goldmedaillen für Amerika, 100 Meter, 200 Meter, Weitsprung und Staffel. Seine Vorlaufzeiten, Halbfinalzeiten, Finalzeiten, die Weiten aller seiner Weitsprungversuche habe ich viele Jahre lang auswendig gewußt. 10,3 im 100-Meter-Finale, 10,2 im Vorlauf – das weiß ich heute noch. Mehr als 8 Meter im Weitsprung, und der Zweite war ein Deutscher mit dem seltsamen Namen Lutz Long. Die deutschen Sportler in den Olympia-Büchern des Onkel Karl sahen eigenartig aus, viel zu blaß, viel zu lange Hosen. Und dann erst die Lorbeerkränze in den Haaren! Die Amerikaner mochte ich viel mehr, besonders die schwarzen. Jesse Owens war einer der ersten Götter in meinem Leben.

Auch Hitler war in den Olympia-Büchern abgebildet, mehrmals, mit interessiertem Blick, mit dieser Grußhand, aber Hitler war mir wurscht gewesen, ich hatte mich in Jesse Owens vernarrt. Onkel Karl hat die beiden großformatigen Bücher wieder abgeholt, da konnte ich ohnehin die meisten Ergebnisse bereits auswendig aufsagen. Er hat sie wieder abgeholt und mir dafür zu meinem zwölften Geburtstag ein Büchlein über den deutschen Wunderläufer Armin Hary geschenkt. Armin Hary, der als erster Mensch die hundert Meter in 10,0 Sekunden gelaufen ist. Als erster Mensch auf der ganzen Welt. Im Deutschunterricht habe ich – als wir alle Referate über bedeutende Menschen halten mußten – über ihn referiert, über Armin Hary, während die anderen Schüler von Wolfgang Amadeus Mozart, Bertha von Suttner oder Albert Schweitzer erzählten. Besonders diese eine Episode hatte ich in meinem Schülerreferat, wie ich meine, eindrucksvoll herausgearbeitet, wie Armin Hary völlig verzweifelt in einem Hotelzimmer in Friedrichshafen sitzt, nachdem ihm soeben der Weltrekord im 100-Meter-Lauf aberkannt worden war. Die Aschenbahn im Stadion wies – nach mehrmaliger Nachvermessung – ein zu starkes Gefälle auf. Auf hundert Meter Länge neigte sich die Laufbahn exakt um einen Zentimeter zu stark. Ein Zentimeter auf hundert Meter. Welch ein Hohn! Was für eine Schikane! Ein einziger Zentimeter, und deswegen ist ihm der Weltrekord wieder aberkannt worden. Armin Hary sitzt also völlig verzweifelt in seinem Hotelzimmer, beginnt – um sich von seinem Unglück abzulenken – in einem Buch zu lesen. Es ist ein Buch über den Mount Everest, den höchsten Berg dieser Erde, darüber, wie sich die Geographen und Höhenmesser bei der genauen Berechnung der genauen Höhe des höchsten Berges dieser Erde geirrt haben, um etliche Meter geirrt haben. Und Armin Hary tröstet dieser Irrtum von etlichen Metern über den einen Zentimeter Irrtum im Friedrichshafener Laufstadion hinweg. So ein Kerl ist das gewesen, so ein Sportsmann, so ein Philosoph . . . aber die Mitschüler haben sich gelangweilt, und der Deutschprofessor hat mich nach dem Ende meines Referates kommentarlos in die Bank zurückgeschickt.

Albert Schweitzer, Bertha von Suttner, Wolfgang Amadeus Mozart – deren Lebensgeschichten sollte ich nachlesen, nicht die irgendeines mehr oder minder bekannten Sportlers.

Mehr oder minder bekannt! Armin Hary, der nach dem Mißgeschick in Zürich noch einmal diese Fabelzeit lief – 10,0 Sekunden, diesmal von allen offiziellen Stellen anerkannt! Armin Hary, irgendeiner?! Armin Hary, der in seinem Hotelzimmer geweint hatte, der einen ganzen Berg brauchte, den höchsten der Welt noch dazu, um einen Zentimeter

zu verschmerzen! Armin Hary, der blonde Gott neben dem schwarzen Gott, Jesse Owens! Die Schule versucht einen immer auf die falsche Fährte zu führen.
Mozart kam später, Schweitzer kam später, die von Suttner kam später, hier und jetzt war Armin Hary an der Reihe. Elvira hat mir das Schweitzer-Buch geliehen, meine spätere Chefin, eine kultivierte Frau, hat mir allerlei Mozart-Bücher geschenkt, weil ich über Mozart nicht allzu viel wußte, aber berufsmäßig über Mozart zu schreiben hatte. An Bertha von Suttner habe ich keine Erinnerung mehr.
Elvira begann sich irgendwann in den späten sechziger Jahren für experimentelle Sprachkunst zu interessieren. Ich interessierte mich für Elvira.
Mein erstes experimentelles Gedicht – Elvira gewidmet – hatte den Titel ENTTÄUSCHTE MÄNNER und lautete so:
Loy – Lutz – Höfer
Weilbacher
Eigenbrodt
Stinka
Lindner – Pfaff
Kreß – Stein
Meier!
Die Namen hatte ich aus dem Büchlein *Schuß – Tor, das aktuelle Fußball-Taschenbuch* (Limpert-Verlag, 1960) abgeschrieben. Seite 107. Elvira

schwärmte für die Dadaisten und für Paul Klee – »Rach und Degen / Schurm und Stirm / Stirm und Schurm / Degen und Rach« oder so.
Aber mein »Loy – Lutz – Höfer
Weilbächer
Eigenbrodt
Stinka
Lindner – Pfaff
Kreß
Stein
Meier!«
hat sie völlig kalt gelassen.
Holprig, hat Elvira gesagt. Das war alles gewesen. Ziemlich holprig.

Natürlich hätte ich mit Santamaria und Zagarra auftricksen können, mit Del Sol und Di Stefano, und Elvira hätte mich in die Nähe ihrer Lieblingsautoren eingereiht. Die meisten Schriftsteller hätten mit Del Sol und Santamaria gearbeitet, mit Dominguez und Marquitos, wie ja überhaupt zahlreiche Dichter aus Fußballernamen experimentelle Gedichte und avantgardistische Texte geformt haben.
Auch Zagarra und Di Stefano waren namentlich genannt in diesem Büchlein – *Schuß – Tor*. Und Canario und Puskas und Cento. Sie gehörten zur Mannschaft von Real Madrid. Loy, Lutz, Höfer und die anderen gehörten zu Eintracht Frankfurt.

Über Sieger schreibt bald einer, in enthusiastischer Sprache zumeist . . . »Dominguez – Marquitos – Pachin / Vidal – Santamaria – Zagarra / Canario / Del Sol / Di Stefano / Puskas / Cento«. Lyrische Spiele mit exotischen Siegernamen, das sind leichte Spiele.
Ich aber widmete mich den Verlierern. Ich aber wollte ein Requiem für elf Männer, die elf Männer der Eintracht Frankfurt schreiben, die damals (am 18. Mai des Jahres 1960) im Hampton-Park in Glasgow das Europapokal-Endspiel gegen Real Madrid vor 127.000 Zuschauern mit 3:7 Toren verloren hatten. Ein Requiem. ENTTÄUSCHTE MÄNNER.
Loy – Lutz – Höfer / Weilbacher / Eigenbrodt / Stinka . . . Lindner – Pfaff / Kress / Stein / Meier! Die ganze Enttäuschung der ganzen Welt, in elf Namen verpackt . . . Holprig!
Elvira war auch so eine Enttäuschung . . .

## *Angela und die Sache mit dem Speichelfluß*

Angela war mir damals, erstes Semester, erste Vorlesungsstunde, sofort aufgefallen, weil sie so heftig errötete, als der Psychologieprofessor nach einem langen, abschätzigen Blick durch unsere Reihen mit seiner tiefen, norddeutsch gefärbten Stimme bemerkte: »Wer glaubt, daß er mit Hilfe des Psychologiestudiums seiner Schüchternheit Herr wird, der kann auf der Stelle den Hörsaal verlassen!«

Ich sei auch heftig errötet bei diesem Satz, behauptete Angela ein paar Wochen später, als wir uns auf dem Heimweg von der Uni zufällig begegneten und uns über unsere Fortschritte in Sachen Studium unterhielten. Angela wohnte in einem Untermiet-Zimmer, ich wohnte noch daheim damals.

Angela hätte ich längst vergessen, wie ich das ganze Psychologiestudium längst vergessen habe, stünde nicht ihr Name in diesem Buch – *Fischer-Lexikon Psychologie*, herausgegeben von Peter R. Hofstätter. Auf Seite 57 steht ihr Name. Gleich unter der Tabelle 5 im Kapitel über den »bedingten Reflex«. Steht also: Angela, dann ein Rufzeichen und eine Telefonnummer.

Auf Seite 56 das berühmte Bild mit der bekannten Versuchsanordnung des russischen Physiologen I. P. Pawlow (1849-1939), mit dem Notizen machenden Mann in der rechten und dem an diverse Drähte angeschlossenen Hund in der linken Bildhälfte. Darunter die genaue Beschreibung jener Speichelfluß-Reaktionen, die nach exakten wissenschaftlichen Gesetzen ausgelöst werden. »Bekanntlich läuft einem aber auch beim Anblick verlockender Speisen, ja selbst eines guten Bildes solcher Leckerbissen, das Wasser im Munde zusammen . . .«

Eigentlich kam Angela aus Bayern, aus Traunstein, glaube ich. Einmal, in den ersten Psychologiestudium-Weihnachtsferien, hätte ich sie beinahe zu Hause besucht. Wir hatten beide dasselbe Proseminar belegt und sollten gemeinsam eine Arbeit über das Buch *Der schwierige Mitmensch – psychotherapeutische Erfahrungen zur Selbsterkenntnis, Menschenkenntnis und Charakterkunde* von Josef Rattner schreiben. Auf Seite 33 (Strukturbeispiel 3, Der schüchterne Mensch) habe ich diesen Satz rot unterstrichen: ». . . um andere Leute gut zu stimmen, legt er sich sein unterwürfiges, stilles, braves Verhalten zu, was ungefähr besagen will: tut mir

nicht weh, Ihr seht ja, wie zart und zimperlich ich bin!«
Ich hatte schon meine Reisetasche gepackt, mit den wichtigsten Sachen und meinen Psychologie-Büchern, da rief Angela an und lud mich aus. Angelo sei gekommen, irgendeine Liebe aus irgendeinem Sommer im Süden, jetzt fahre sie mit ihm nach Mailand, und die ganze Psychologie habe sie schon total verdrängt. »Ciao, laß dich nicht unterkriegen!« Dann hat sie aufgelegt.
Ich habe Angela vier Semester lang um diese schnelle Entscheidung beneidet, dann hab auch ich die ganze Psychologie total verdrängt. Sicher war das ein übler Aufreißer-Typ, wenn einer schon Angelo heißt! Wahrscheinlich sitzt sie jetzt als Hausfrau und Mutter in einer viel zu heißen Wohnung mitten in Mailand und liest aus Langeweile in ihren alten Psychologie-Büchern. Vielleicht steht irgendwo am Rande irgendeiner Seite in ihrem Buch *Der schwierige Mitmensch* von Josef Rattner mein Name, neben einer längst verjährten Telefonnummer . . . auf der Seite mit der Kapitelüberschrift »Die Angst vor der Liebe« womöglich . . .

# *Claudia oder die Leiden der jungen W.s*

Das fällt mir jetzt erst auf! Goethes großer Leidender heißt W. – W. wie Werther. Plenzdorfs großer Leidender heißt W. – W. wie Wibeau, Edgar Wibeau. Ich heiße auch W. –
Den Goethe und den Plenzdorf müßte ich zusammenstellen, würde ich meine Bibliothek nach literarischen oder sonstigen sachlichen Gesichtspunkten ordnen. *Die Leiden des jungen Werthers* neben *Die neuen Leiden des jungen W.*
Aber den Plenzdorf brauch ich ohnehin. Mein Neffe liest gerade den *Jungen W.* für die Schule. Das heißt: ich habe ihm versprochen, den *Jungen W.* für ihn zu lesen. Oder über ihn zu schreiben. Ich kenne das Buch ganz gut. Ziemlich gut sogar. Ich mag den Plenzdorf. Mehr als den Goethe ... jedenfalls, was die leidenden W.s betrifft.
Voriges Jahr haben sie in der Schule den Goethe gelesen. Heuer lesen sie den Plenzdorf. Und dann müssen sie – jede Wette! – in einer zweistündigen

Schularbeit die Unterschiede zwischen den beiden Büchern herausarbeiten, die Unterschiede und die Parallelen.

»Konfrontieren Sie die Dreiecksverhältnisse beider Romane und versuchen Sie, diese durch zwei graphische Darstellungen zu veranschaulichen!« wird der Professor genüßlich langsam auf die Tafel schreiben. Und die Kinder werden ratlos über ihren Heften sitzen und statt graphischer Darstellungen von Dreiecksverhältnissen Männchen wie von anderen Sternensystemen in die Schularbeitenhefte kritzeln.

Dabei ist das so einfach: Goethes W. liebt Charlotte, die aber schon verlobt ist, und am Schluß gibt sich W. die Kugel. Plenzdorfs W. liebt Charlie, die aber schon verlobt ist, und am Schluß greift W. in den Stromkreis. Das ist es auch schon.

Plenzdorfs *Die neuen Leiden des jungen W.* hat mir Claudia geschenkt. Das heißt: Wir haben in Wien, in einem kleinen schäbigen Kellertheater dieses Stück gesehen, Claudia und ich – *Die neuen Leiden des jungen W.*, nach dem Buch von Plenzdorf. Dann hat mir Claudia das Buch geschenkt – zur Verlobung. Ich hab die Ringe gekauft, sie hat den Plenzdorf gekauft. Den Verlobungsring hab ich nicht mehr. Aber das Buch hab ich noch.

Der Werther krepiert an der unmöglichen Liebe zu einer längst vergebenen Frau. Der Wibeau kriegt seine längst vergebene Charlie auch nicht und stirbt, blutjung und hoffnungsvoll, an einem merkwürdigen Betriebsunfall.

Jetzt waren wir also auch vergeben – Claudia und ich. An uns. Sie an mich, ich an sie. Die Verlobungsfeier war eine einzige Katastrophe. Zugegeben: Es war alles ziemlich rasch gegangen. Wir hatten niemanden eingeweiht. Sie war zu mir auf Besuch gekommen, wie sie oft zu mir auf Besuch kam – ich wohnte damals noch bei meiner Familie, sie wohnte damals noch bei ihrer Familie. Wir hatten uns in mein Zimmer verdrückt, wie wir es immer taten, wenn sie zu mir auf Besuch kam. Ich hatte die Ringe besorgt, sie den Plenzdorf und eine Flasche Sekt. Wir tranken den Sekt aus, steckten uns die Ringe an die Finger, umarmten uns – dann gingen wir ins Wohnzimmer, wo die Großmutter und die Mutter vor dem Fernsehapparat saßen, und gaben unsere Verlobung bekannt.
Zuerst glaubten sie uns nicht, dann – als sie die Ringe an unseren Fingern sahen – schrien sie uns an wie kleine Kinder, verfluchten und verwünschten uns, wie es sonst nur in hundsordinären italienischen Tragikomödien vorkommt, mit der Cardinale und dem Mastroianni. Claudia lief heulend in mein Zimmer, ich lief heulend in mein Zimmer. Draußen im Wohnzimmer heulten die Großmutter und die Mutter. Wir legten Leonard Cohen auf, »Like a Bird on a Wire«, dieses elendstraurige Lied,

unser Lieblingslied. Dazu konnte man auch ohne Grund tadellos heulen. Und jetzt erst recht.
Irgendwann, nach endlosen Wiederholungen von »Like a Bird on a Wire« klopfte es an der Zimmertüre, und als ich öffnete, standen eine Flasche Sekt und eine Malakofftorte auf dem Fußboden. Die Malakofftorte war eigentlich für Sonntag gedacht, und heute war Samstag, aber jetzt war es wohl auch schon egal. Jedenfalls drückten uns Mutter und Großmutter stumm die Hände. Und dann fielen wir uns um den Hals, wie Tanzschüler, die im Grundkurs »Der Tänzer nähert sich der Tänzerin an« lernen, ziemlich steif alles, aber immerhin. Die Malakofftorte jedenfalls aßen Claudia und ich auf einen Sitz auf, mit Suppenlöffeln, die ganze geile Malakofftorte. Jetzt waren wir auch vergeben.
Edgar Wibeau ist also bis über sämtliche Ohren verknallt in Charlie. Und Charlie ist verlobt mit Dieter, diesem Spießer, der gerade seinen Dienst bei der DDR-Army beendet hat. Werther ist bis über sämtliche Ohren verknallt in Charlotte. Und Charlotte ist verlobt mit Albert, der »ein braver, lieber Kerl ist«, lese ich in *Bausteine Deutsch, Unterrichtssequenzen für den Literaturunterricht auf der Sekundarstufe Römisch-Eins und Römisch-Zwei* bei der Vorbereitung für meinen Aufsatz für meinen Neffen. Dreiecksverhältnisse!
Wir hatten da nie Probleme, am Anfang jedenfalls. Wir waren vergeben und aus, Schluß! Entweder

oder. Wir hatten »entweder« gesagt, ohne »oder«. Claudia arbeitete damals bei einem Geldinstitut, und ich war ein eifersüchtiger Idiot. Manchmal stand ich in ihrer Mittagspause einfach vor der Filiale, obwohl ich anderes zu tun gehabt hätte, mit Herbert Statistik lernen zum Beispiel, aber ich stand einfach da, unangemeldet, um zu sehen, wie sie mit einem anderen, einem Arbeitskollegen Arm in Arm aus der Bank käme und wie sie in sein Auto steigen und wie sie abfahren und wie aus dem »entweder« ein »oder« wird – schreckliche Sekunden der Ungewißheit. Und dann kam sie aus der Bank, alleine, und freute sich, daß ich dastand, und ich kam mir ziemlich blöd vor.
Der Wibeau in Plenzdorfs Geschichte imponierte mir. Lehrling in irgendeinem dämlichen Betrieb, drüben in der DDR, hat die Schnauze voll, schmeißt die Lehre, geht gammeln, verliebt sich in Charlie, hat unheimlich flotte Sprüche drauf und ist ein echter Künstler, völlig cool und existentiell zugleich. Malt, was ihm Spaß macht, einfach so.
Ich malte damals auch ziemlich viel. Malen ist vielleicht nicht das richtige Wort. Ich experimentierte. Ich verbrannte in der Badewanne alte Stoffreste und schmierte rote Farbringe um die Brandlöcher und so ... ich machte Bilder mit Zahnpasta und Fußpuder, Glasplattenabdrücke, Übermalungen. Ich übermalte die nackten Mädchen in den »Konkret«-Heften, die wir uns damals alle wegen

der gesellschaftspolitischen Artikel kauften ... immerhin schrieb die Meinhof im »Konkret« ... den Staub unter meinem Bett hab ich sorgfältig gesammelt und zu Staubskulpturen zusammengekleistert. Der Wibeau in den *Neuen Leiden des jungen W.* malte also auch. Was den Dieter, diesen Spießer so gar nicht beeindruckte. Ich hätte dem Wibeau die Charlie gegönnt, weiß Gott, wie ich dem Werther die Charlotte gegönnt hätte. Aber da war eben noch der Dieter beziehungsweise der Albert. Das klassische Dreiecksverhältnis: Vergebene Frau, Trottel als Bräutigam, ungestümer Draufgänger.
Es dauerte fast drei Wochen, bis ich die Personen in unserem privaten Stück so voll und ganz einordnen konnte: Claudia, die vergebene Frau, ein unbekannter Draufgänger, und ich – der Bräutigam als Trottel. Ich weiß nicht, ob ich mit meinen Verdächtigungen immer schon richtig gelegen hatte, oder ob ich damit erst die Tragödie ausgelöst habe, jedenfalls spielte es plötzlich in unserer Beziehung Goethe oder Plenzdorf.
Der Draufgänger war der Fahrlehrer.
Ich hatte die ganze Geschichte zufällig entdeckt; oder fast zufällig. Ich wollte Claudia nur von der Fahrschule abholen, da sah ich, wie er ihr die Hand küßte. Aber Fahrlehrer küssen keine Hände, normalerweise. Das konnte mir kein Mensch auf der ganzen Welt einreden, daß Fahrlehrer Hände küs-

sen, jedenfalls nicht ohne Absichten. Ich überging die ganze Geschichte, obwohl mir das verdammt schwerfiel. Aber am nächsten Tag stand ich wieder vor der Fahrschule, diesmal schon etwas früher, und sah, wie er ihr die Wange küßte, vor dem Einsteigen in den Fahrschulwagen. Welcher Fahrlehrer gibt dem Fahrschüler einen Kuß vor der Fahrstunde!

Ich hielt mich im Hintergrund. Ich machte keine Szene. Ich ging wie in Trance nach Hause. Innerlich bebte ich. Innerlich löste ich mich auf, mein Herz löste sich auf, als wäre es in ätzende Giftsäure gefallen, und zurück blieb ein Loch und sonst gar nichts. Ich war nicht der Werther, ich war nicht der Wibeau im unvermeidlichen Dreiecksverhältnis – ich war der Albert, ich war der Dieter, ich war der Trottel.

Werther starb mit zerschossenem Schädel.

Wibeau ging über den Jordan, wie Plenzdorf das formuliert, mit tausend Volt aus der Steckdose, beim Versuch, wenigstens eine sensationelle Erfindung loszulassen, wenn er schon seine Charlie nicht kriegen konnte.

Wir hatten damals Gas. Es gab eine Explosion.

Claudia kam nach Hause und stieß einen markerschütternden Schrei aus.

Ich hatte das Gas aufgedreht.

Ich experimentierte damals auch mit Wachs ... also wenn man flüssiges Kerzenwachs in kaltes Wasser

gießt, dann entstehen die herrlichsten Skulpturen, vor allem wenn man dem Wachs Materialien wie Knöpfe, Reiskörner oder Heftklammern beifügt. Die ziehen nämlich im Moment des plötzlichen Erstarrens das Wachs ein Stückchen in die Tiefe, und so entstehen die verblüffendsten Türme und Gebirge, Skelette und Schiffsmasten.
Ich hatte wohl zu lange schon experimentiert, um mich abzureagieren nach dem Anblick des küssenden Fahrschullehrers; jedenfalls war die Herdplatte zu heiß und das Wachs mit anderen Stoffen zu sehr aufgeladen gewesen. Und dann die Explosion; meine Arme, meine Kleider waren voller Wachsflecken, und die Küchenmöbel . . . und die Wände . . . und der Plafond . . . der Kühlschrank, der Herd . . . wir brauchten eine Woche, um alles wieder halbwegs sauber zu kriegen.
Nach dieser Woche hatte Claudia ihren Führerschein.
Wir feierten beides, daß die Küche wieder sauber war und daß sie den Führerschein geschafft hatte. Gott sei Dank, sagte sie, der Fahrlehrer sei schon so aufdringlich geworden.
Ich sagte nichts, aber ich glaube, ich war ein bißchen erleichtert. »Du hättest dir das Gesicht verätzen können«, sagte Claudia.
Ich hätte mir mein Herz verätzen können, dachte ich.
Aber ich sagte nichts.

## *Frau Doktor H.*
## *oder*
## *Ich weiß längst, wie man mit einem einzigen Zahn im Kiefer filterlose Zigaretten festhalten kann*

Manchmal, wenn sie schon ein Glas zu viel getrunken hatte, tippte sie die Asche ihrer filterlosen Zigarette in den Wein und führte den Aschenbecher mit langsamer Bewegung zum Mund. Dann bemerkte sie ihren Irrtum, lachte laut, öffnete ihren Mund dabei so weit, daß man ihren einzigen im Kiefer verbliebenen Zahn sehen konnte, sagte »Pardon«! und korrigierte den Irrtum, indem sie die Asche mit einem Teelöffel aus dem Glas fischte und den Wein in einem Zug leerte.

Sie war schon alt, als ich sie kennenlernte ... von einem respekteinflößenden Alter jedenfalls. Sie war Leiterin der Kulturabteilung jener Zeitung, bei der ich arbeiten wollte, sie verschaffte mir meine ersten Jobs, von ihr habe ich unendlich viel gelernt. Mit ihr habe ich unendlich heftig gestritten, über Gott und die Welt und Stockhausen oder Wagner. Sie war eine alte Dame, ich war ein Heißsporn. Einmal bin ich im Zorn aus dem Haus gerannt, weil alles stillstand in Sachen Kultur und so. Und sie ist mir nachgegangen, hat mich in der Bar gegenüber eingeholt, wir haben gemeinsam Bier getrunken und uns wieder versöhnt. Sie war eine unvergleichliche Frau, die alte Frau Doktor H.

Einmal, als wir schon ein Glas zu viel getrunken hatten, sie und ich, sie, die alte Dame, meine Chefin, und ich, keine dreißig noch, Heißsporn noch immer, oder zwei Glas zuviel oder noch mehr . . . da krochen wir wie die Kinder auf allen Vieren durch ihre Wohnung, singend und kichernd.

In einem Buch, das sie übersetzt und neu geschrieben hat, einem Buch mit einer Geschichte von R. L. Stevenson, auf dem ersten Blatt, noch vor dem Titel, steht in ihrer schmalen, leicht nach links geneigten Handschrift die Widmung: »Einem sehr tapferen Mitstreiter!«

Ich hab damals meinen Indianerroman geschrieben – *Die Rache der Komantschen*. Der Titel war mir vorgegeben, wie ihr der Titel vorgegeben war – *Flucht ins Abenteuer*. Es war dies eine Art Auftragsarbeit, wir hatten beide miese Verträge unterschrieben und mußten nun in wenigen Wochen unendlich viele Manuskriptseiten abliefern. Tagsüber saßen wir in der Kulturredaktion unserer Zeitung, Tisch an Tisch und säuselten in wohlgesetzten Worten über Wagner oder Stockhausen, über die Welt und über Gott, wenn es sein mußte. In der Nacht saßen wir an unseren Privatmaschi-

nen, zwei Tiere des Phantasieteufels, mit Komantschen und Abenteurern bei blutigen Spielen.
Ich war damals verknallt in ein Mädchen namens Susanne, obwohl ich seit drei Jahren bereits verlobt war, wenn ich richtig gerechnet habe. Susanne war damals fast achtzehn. Ich weiß das deshalb, weil in meinem Indianerroman ein Mädchen vorkommt, das Sue heißt und fast achtzehn ist. Die Sue in meinem Roman ist die Susanne in Wirklichkeit. Wie gesagt, ich hatte nur wenige Wochen Zeit zum Schreiben, ich konnte mir nicht alles aus den Fingern saugen.
Ich glaube, diese Sue in meiner Indianergeschichte ist ein patentes Mädchen. Einmal hab ich geschrieben: »Sue Hutton verspürte als Erste so etwas wie Mitleid mit dem alten Mann, und sie nahm ihn an der Schulter und versuchte ihn zu beruhigen . . .« Susanne war auch ein patentes Mädchen, aber irgendwie anders, temperamentvoller oder so.
Tagsüber besorgten wir also die Kultur, die alte Frau Doktor H. und ich, und nachts schrieben wir uns die diabolischsten Stories von der Seele. Manchmal riefen wir uns im Morgengrauen gegenseitig an und brummten unsere jüngsten Sätze durchs Telefon.
Die Zeit attackierte uns bösartig. Der Liefertermin rückte näher und näher, und unsere Manuskripte wuchsen viel zu langsam. Wir kümmerten uns kaum noch um die Kultur, Wagner war uns so egal

wie Stockhausen, wir dachten nur mehr an Überfälle und Befreiungsversuche, Marterpfähle und Kämpfe mit dem Degen.
Die letzten zwei Schreibwochen ging ich nicht mehr ins Büro. Ich quartierte mich in die leerstehende Wohnung meiner Schwester ein, schrieb zwanzig Stunden am Tag und versuchte die restlichen vier Stunden zu schlafen. Die alte Frau Doktor H. daheim in ihrer orientalischen Wohnung machte es nicht anders.
Ich trank damals so eine knappe Flasche Gin pro zwanzig Stunden, und die restlichen vier Stunden lag ich hellwach im Bett und wurde von meinen Indianern und Cowboys durch sämtliche Prärien gejagt. Manchmal nach Schulschluß oder wenn eine Nachmittagsstunde bei ihr ausfiel, besuchte mich Susanne, meine Sue Hutton. Ich las ihr vor, was ich über sie geschrieben hatte, und durfte mich dafür ein paar Augenblicke lang an ihr warmes Fleisch drücken. Dann ging sie, und meine Indianer heulten auf und schleuderten die Tomahawks gegen mich. Ich bekämpfte sie mit dem letzten Rest aus der Ginflasche. Ein paar Wochen lang marschierten wir denselben, langen, einsamen Weg, die alte Frau Doktor H. und ich. Dann hatten wir es geschafft. Wir packten unsere endlos vielen Manuskriptseiten in dickes Packpapier und schickten es an den Verlag. Wir bekamen unser lächerliches Honorar und kümmerten uns wieder um Wagner

und Stockhausen. Nur manchmal, wenn die anderen Mitarbeiter in unserem Redaktionszimmer in ihre Maschinen tippten, als gelte es die Welt zu retten, schauten wir uns an wie Verbündete, duckten uns unter unsere Papierstapel, zogen unbemerkt unsere Degen und Pfeile und bekriegten einander nach den Traditionen der Väter.
An ihrem offenen Grab hab ich versucht, von den Indianern zu erzählen, aber keiner hat mich verstanden.
Jetzt tippe ich manchmal, wenn ich ein Glas zuviel getrunken habe, die Asche einer fremden Zigarette in meinen Wein, absichtlich, führe den Aschenbecher mit langsamen Bewegungen zum Mund, lache dabei, so laut ich kann, sage »Pardon!« zu mir selber, fische die Asche mit einem Teelöffel aus dem Glas . . . mein Zahnarzt hat mir neulich prophezeit, wenn ich so weiter sündige, wird mir bald der vorletzte Zahn ausfallen.
Ich weiß längst, wie man mit einem einzigen Zahn im Kiefer filterlose Zigaretten festhalten kann, ich weiß genau, wie ich alt werden möchte. Ich weiß nur nicht, wer mit mir in langen Adventnächten durch meine Wohnung kriechen wird, singend und kichernd . . . aber das wird sich finden.

## *Lydia war eine Heilige – und ich eine hundsordinäre Pfeife*

Lydia lebte in einer anderen Stadt. Wir hatten uns bei einer Vernissage kennengelernt. Sie wollte Kunstkritikerin werden, ich hatte meine Zeit als Kunstkritiker Gott sei Dank schon hinter mir. Ich rauchte damals noch Pfeife.

Andere hätten mir Pfeifentabak mitgebracht. Lydia brachte, als sie eines Tages unangemeldet vor meiner Türe stand, ein Buch. *Mehr Spaß am Pfeife rauchen*, mit einer bilderreichen Auflistung der elegantesten Pfeifen, der Savinellis und Oldenkotts, der Lacroix und Stanvells, der formvollendeten Bent Albert und der herrlichen Liverpool mit dieser unnachahmlichen Bird-Eyes-Maserung. »Hat meine Pfeife Stil?« las ich in verwirrter Freude, nach dem Begrüßungskuß, noch zwischen Tür und Angel stehend, pflichtbewußt im mitgebrachten Präsent blätternd, mich bedankend, Lydia den Mantel abnehmend, keinen Kleiderbügel findend ... außerdem war im Badezimmer die Glühbirne kaputtgegangen, vor einer Woche schon, und nicht jeder findet Taschenlampen romantisch. Hat meine Pfeife Stil, ging es mir durch den erhitzten Kopf, denn mit allem hatte ich gerechnet, nur nicht mit Lydia. Hatte ich damals, nach der Vernissage, im kleinen Espresso Pfeife geraucht? Sicher. Aber eine stilvolle Pfeife? Rauche ich nicht wie ein Schwein Pfeife? Einfach so drauflos, mit beiden Händen stopfend? Lautstark Luft einsaugend, wenn die Glut zu erlöschen droht? Hab ich keinen Stil? Bin ich eine Pfeife, und wenn ja, eine hundsordinäre Bulldog womöglich?

Lydia war eine Heilige. Eine Göttin. Eine heilige Göttin. Und jetzt war sie bei mir, in meiner Wohnung, meiner katastrophal unaufgeräumten Wohnung. Madonna!

Alles an ihr war so rein, so makellos rein. Kein Fleck, kein Fleckchen, keine ungeordnete Haarsträhne. Dabei trug sie langes, volles blondes Haar. Und jetzt war sie bei mir und sagte, sie werde über Nacht bleiben.

Ich lebte damals ziemlich ungesund, ich hatte nichts im Haus als ein paar Flaschen Wein, Kaffee und altes Brot. Aber sie hatte einen Korb voller Köstlichkeiten dabei, Käse aus Italien, deren Namen ich noch nie gehört hatte, Savinelli und Oldenkott, Lacroix und Stanvell. Oder so ähnlich.

Gegen Käse bin ich irgendwie allergisch. Das heißt, während Käse bei den meisten Menschen eine den

Magen-Darm-Trakt schließende Wirkung besitzt, bringt er bei mir alles Inwendige in Unordnung. Käse läßt meinen Magen rumoren. Käse ist der Germ in meiner Verdauung. Aber ich hatte keine Wahl.

Lydia war ein Wesen aus Milch und Honig.

Ich war ein Mensch, vollgestopft mit Käse.

Das Fenster in meinem Klo ließ sich nicht öffnen.

Ich kämpfte um mein Überleben, ohne mir etwas anmerken zu lassen. Ich aß all den Käse, den sie mir mit ihren zarten Fingern zum Mund führte.

Keith Jarrett spielte gottvoll Klavier. Lydia legte immer wieder dieselbe Stelle auf, Köln-Konzert, erste Seite, wenn er mit aller Langsamkeit, mit aller Geduld der Welt das wundersüße Hauptthema aufbaut, immer wieder abbricht, es sich immer wieder von neuem überlegt und dabei leise bleibt, als würde er für zwei Verliebte spielen.

Lydia hatte ihr hellblaues Nachthemd angelegt, hellblau mit zwölf hellblauen Maschen, Mäschchen zum Aufbinden. Einzeln. Eines nach dem anderen. Von oben nach unten.

Lydia aus Milch und Honig, Madonna, ich bin nicht würdig.

Ich bin bald wieder zurück, hab ich gesagt und bin aus der Wohnung gerannt. Zum Wirtshaus in der Nähe. Aber es ist Montag gewesen. Und am Montag, verdammt, hat die »Überfuhr« zu!

Lydia, so makellos rein. Ein hellblaues Nacht-

hemd. Sicher hat sie einen Alabasterleib. Mein Gott, welch ein Körper!
Mir hatten sie im Herbst davor das Rad gestohlen. Und bis zum »Doktorwirt« waren es zwanzig Minuten zu Fuß!
Ihre Reinheit! Alles an ihr ist so sauber. Verdammter Käse! Die Madonna mit den zwölf hellblauen Maschen, daheim in meinem Bett. Der »Doktorwirt« hatte ebenfalls geschlossen. Am Montag, verdammt, verdammt, hatten fast alle Wirtshäuser geschlossen. Ich konnte nicht mehr. Das heißt ... im Gegenteil ...
Lydia war eine Frau, von der man alles Irdische fernhalten will. Ein Engel. Meine Engel hätten ihr Veilchendüfte zugefächelt. Aber ich hatte schon lange keine Engel mehr. Und in dieser Nacht schon gar nicht!
Ich bin eine Stunde stadteinwärts gerannt. Eine Stunde zurück. Dieses unwürdige Geschäft dazwischen, in einem lichtlosen Raum ohne Verriegelung, in einem verkommenen Weinlokal. Für Lydia hätte ich mir sogar dieses Geschäft abgewöhnt, wenn es hätte sein müssen. Aber als ich zurückkam, endlich zurückkam, nach diesen demütigenden Wegstrecken, als ich zurückkam, Heilige mit den zwölf Maschen, als ich zurückkam, lag dieser Zettel auf dem Wohnzimmertisch.
Oh, Madonna, für die ich zwei Stunden meines Lebens durch die Nacht gerannt bin, mit diesem

Druck im Leibe, unter dem Herzen, einer Ohnmacht nahe, geliebter, reiner Engel, Wesen aus Milch und Honig ...
nur dieser Zettel ...
der Zettel auf dem Wohnzimmertisch ...
LECK MICH AM ARSCH! LYDIA

## *Conny und Karin und das Wettlesen in K.*

Mein Buch! Das wichtigste Buch in meinem bisherigen Leben! Das erste echte Buch mit einem Text von mir. Nicht ein ganzes eigenes Buch, aber immerhin. Mein Name in dicken Buchstaben vorne auf dem Umschlagblatt, nach den Namen der anderen beiden Preisträger. Mein Name auf einem Buch, schwarz auf rot! *Texte aus K.* – und auf der Seite mit der Überschrift »Inhalt«, nach dem Hinweis auf das Vorwort – »Vorwort, Seite 7« – und nach dem Hinweis auf die Texte der beiden anderen Sieger – Seite 15, Seite 32 – der Hinweis auf meinen Text, meinen ersten in einem Buch abgedruckten Text ... Müller ... dann der Titel, dann die Seitenangabe – 51. Und danach der Hinweis: Becker, ein Titel und die Zahl 66. Zwischen den Seiten 51 und 66 – das ist mein erstes echtes Buch. Das wichtigste in meinem bisherigen Leben.
Ich hatte verschlafen. Ich war mit der Geschichte nicht fertig geworden, hatte den Text für das

Dichterwettlesen in K. erst in der Nacht vor der Abreise geschrieben, die ganze Nacht hindurch geschrieben. Ich war total gerädert in den Zug gestiegen, ich war total gerädert aus dem Zug gestiegen, nahm mir ein Taxi, ließ mich in das Hotel bringen, in dem für mich ein Zimmer reserviert war. Ich fiel auf das Bett in meinem Hotelzimmer, am hellichten Nachmittag, sank auf mein Bett wie ein Leichnam, der dem Bestattungsangestellten aus den Händen gleitet beim Versuch, ihn für eine letzte Wäsche hochzuheben. Ich war so gut wie tot.

Abends um acht mußte man zur Stelle sein. Abends um acht hatten alle Wettlese-Kandidaten anzutreten, sich vorzustellen, sich für das Wettlesen auslosen zu lassen. Bis abends um acht war noch Zeit, bis um acht wär ich wieder ein Mensch geworden. Es war stockfinster, als ich wach wurde. Ich hatte keine Ahnung, wo ich mich befand, ich wußte nicht, warum ich mich gerade hier befand und warum in dieser völligen Finsternis. Ich fand keinen Lichtschalter, ich hatte wirres Zeug geträumt. Ich hatte verschlafen, aber es war mir nicht klar, wo und vor allem was ich verschlafen hatte. Ich fand den Lichtschalter, ich war also in einem fremden Zimmer. Auf dem Nachtkästchen ein bunter Prospekt mit Bildern aus einem schmucken Hotel. »Willkommen in unserem Hotel« . . . ich lag also auf dem Bett eines Hotels. Auch der Name der Stadt, in der sich dieses Hotel befand, war auf der Werbeschrift abgedruckt. Ein Hotel in K. – um Gottes willen! Das Dichterwettlesen!!

Am Abend vor dem Beginn des großen Wettlesens werden immer die Wettlese-Kandidaten, die aus mehreren Ländern angereist sind, in einer immer gleichen Zeremonie im immer gleichen Gasthaussaal aufgerufen und vorgestellt. Und begrüßt. Die Pressevertreter wissen dann: so sehen also heuer die Autoren aus. Die Jurymitglieder wissen dann: so sehen also heuer unsere Opfer aus. Die Autoren wissen dann, wie die aussehen, gegen die sie ihre Texte geschrieben haben.

Am Abend vor dem Beginn des großen Wettlesens lächeln alle noch, so gut sie können, als wären sie zu einem Wettlächeln gekommen. Sicher haben alle gelächelt an jenem Wettlächel-Abend vor dem ersten Wettlese-Tag damals. Nur ich nicht. Ich habe nicht gelächelt. Ich habe geschlafen. Das heißt: vielleicht habe ich auch gelächelt. Maria sagt immer: ich lächle im Schlaf.

Sicher wurden die Autoren aufgerufen damals, so wie sie jedes Jahr aufgerufen werden, einer nach dem anderen, von A bis Z. Es gab keinen A damals, lese ich auf Seite 205 »meines« Buches, dafür zwei B – und einen Z! Sie wurden also aufgerufen, von B (zweimal B) bis Z, ob sie alle da wären . . . seid ihr alle da? Und alle haben »Ja« gerufen oder »Jawohl« oder »Hier!« Nur ich habe geschwiegen.

Habe geschlafen und geschwiegen. Müller? – Schweigen! Hat jemand Müller gesehen? Niemand hatte Müller gesehen.

Es war stockfinster in meinem Hotelzimmer, als ich zu mir kam, und jetzt hatte ich das Licht angemacht und mit Hilfe eines bunten Hotelprospektes herausgefunden, daß ich mich im Zimmer eines Hotels befand. Mitternacht vorbei. Jetzt ist alles vorbei, dachte ich. Ich rannte aus dem Hotel, ich rannte durch die finstere Stadt, ich fand das auf dem Einladungsblatt für das Wettlesen stadtplanmäßig angekreuzte Gasthaus, in dem die Aufruf-, Begrüßungs- und Auslosungs-Zeremonie stattfinden sollte beziehungsweise stattgefunden hatte. Und fand es leer. Keine Menschen. Keine Lichter. Dunkelheit. Totale Finsternis. In jeder Hinsicht.

Es war wohl alles gelaufen. Sie hatten die Startlisten für die Autoren ausgelost. Sie hatten »Müller« aus dem Protokoll gestrichen. »Müller wird wegen unerlaubten Fehlens disqualifiziert . . . wer immer dieser Müller sein mochte . . .«

Die anderen Autoren, sechsundzwanzig an der Zahl, werden lächelnd aufgeatmet haben . . . einer weniger, immerhin! Und die Juroren werden aufgeatmet haben. Vielleicht gibt es ihn gar nicht, haben sie wahrscheinlich gedacht, vielleicht ist das nur ein Phantom gewesen. Einer, der die Jury zum Narren halten wollte, indem er sich ankündigte, angekündigt wurde, aufgerufen sogar, und dann nicht erschien, weil es ihn gar nicht gibt. Müller heißt bald einer. Einer, der Müller heißt, ist oft ein Phantom; und in Wirklichkeit gibt es ihn gar nicht.

Schwarze Nacht, mitten in einer fremden Stadt. Loch im Bauch. Meine Knie schlotterten, mein Kopf dröhnte, ich war ziemlich am Ende. Da liefen mir Karin und Conny über den Weg ... wie die Schutzengel in einem bösen Kindertraum ... oder wie die Offizierinnen der Heilsarmee, wenn einem schon alles egal ist. Karin und Conny waren Krankenschwestern. Ich denke, ich sterbe jetzt, sagte ich sinngemäß. »Trink lieber ein Glas Whisky«, sagte Conny, und Karin nickte heftig – »ein Glas oder zwei!«

Ich kannte Karin und Conny aus S. – Mein Freund Ingo hatte Conny aufgerissen, er hatte damals eine unnatürlich heftige Aufriß-Zeit. Jeden Vormittag im Büro – wir arbeiteten in derselben Firma – erzählte er mir von der vergangenen Nacht. Die Geschichten waren immer die gleichen, nur die Namen änderten sich. Man kann sagen, Ingo gab ziemlich an mit seinen Aufrissen. Jedenfalls erzählte er eines Vormittags von Conny. Conny war anders – das wußte ich von der ersten Sekunde seines Berichtes an. »Conny ist anders!« hatte Ingo gesagt ... und dann eine Stunde lang von ihr geschwärmt.

Conny hatte eine Freundin, Karin. Ingos Weg zu

Connys Herz führte über Karin. Conny ging nie ohne Karin fort.
»Du mußt dich um Karin kümmern!« sagte Ingo. Kennengelernt hatte er Conny in der dermatologischen Abteilung des Landeskrankenhauses. Es war ein eher peinliches Kennenlernen gewesen, mit sehr ins Detail gehenden Fragen. Mir konnte er stundenlang von diesen Dingen erzählen. Vor Conny genierte er sich zu Tode. »Wann hat das angefangen mit dem Jucken« und so . . .
Conny lächelte beim Notieren der einzelnen Fakten, wie man lächelt, wenn einer beim Fundamt angibt, er habe sein künstliches Gebiß irgendwo verloren, er habe aber nicht die leiseste Ahnung, wo. So lächelte Conny. Sagte Ingo.
Als der Doktor sagte: »Schauen wir uns die Sache also genauer an», wäre Ingo nichts lieber als aus einem Traum aufgewacht. Bloß war das kein Traum! In dieser Sekunde kam Karin ins Zimmer und holte Conny nach draußen. Wahrscheinlich wäre Conny ohnehin nach draußen gegangen, wenn sich der Doktor »die Sache« angeschaut hätte. Ingo fiel ein Stein vom Herzen, vor allem, als der Doktor sagte: »Es ist nicht, was Sie denken!«
»Es ist nicht, was Sie denken!« hätte Ingo jetzt am liebsten gesagt, aber Conny war ja nach draußen gegangen.
»Es ist nicht, was Sie denken!« rief er übermütig

laut, als er Conny am Gang der dermatologischen Abteilung traf. »Wäscheallergie! Kommt ziemlich häufig vor!«
»Ziemlich«, sagte Conny lächelnd.
Ingo lud Conny auf einen Kaffee ein.
Conny ließ sich von Ingo auf einen Kaffee einladen. So einfach war das damals.
»Wie heißen Sie?« fragte Ingo.
»Conny«, sagte Conny. »Und das ist Karin. Sie kommt auch mit!«
Ingo erzählte mir ausführlich über Conny und den ersten Kaffee, und dann sagte er: »Du mußt dich um Karin kümmern!«
Wir trafen uns oft mit den beiden. Die Rendezvous mit Conny und Karin waren die fröhlichsten Rendezvous, an die ich mich erinnern kann. Wir liefen halbe Nächte durch die Stadt, wir saßen stundenlang gemeinsam vor irgendeinem Fernsehapparat und schauten uns die Spiele irgendeiner Fußballweltmeisterschaft an.
Zwischen Conny und Ingo tat sich nichts. Jedenfalls nicht das, was er sich erwartet hatte. Trotzdem war das unsere heißeste Zeit. Einmal schliefen wir alle vier bei Ingo. Ingo und ich in einem Zimmer, Conny und Karin in einem Zimmer. Die Türe zwischen den Zimmern ließen wir einen Spalt breit offen. Wir hörten Conny und Karin kichern. Conny und Karin hörten Ingo und mich kichern.
»Schlaft ihr schon?«

»Schon lange!« (Gekicher) »Und ihr?«
»Hab nichts verstanden, wir schlafen nämlich schon!«
Bis vier in der Früh ist das so gegangen.
»Ich geh jetzt rüber«, hatte Ingo irgendwann geflüstert. Aber er war nicht rübergegangen. Und keine von ihnen ist rübergekommen. Um sechs mußten Karin und Conny in den Dienst. Ein halbes Jahr lief das so mit Conny und Karin, Ingo und mir. Dann kündigten beide und zogen in eine andere Stadt. Einfach so.

»Wir laden dich ein auf den Whisky«, sagte Karin, und Conny nickte heftig, damals, in dieser schwärzesten Nacht meines noch gänzlich unbedeutenden Schriftstellerlebens, Mitternacht vorbei, die Auslosung fürs Dichterwettlesen vorbei, alles vorbei.
Ich erzählte den beiden von meinem Verschlafen, und die beiden erzählten mir, daß sie am nächsten Tag nach Frankreich reisen wollten. Einfach so, in aller Herrgottsfrüh. Sie hatten ihre Familien besucht, jede in einem anderen Dorf, und hier hatten sie sich zur gemeinsamen Reise getroffen. Sie hatten ein Zimmer gesucht für diese Nacht vor der Abfahrt, aber sie hatten keines bekommen. Alle Zimmer ausgebucht, wegen des Dichterwettlesens, gewiß wegen dieses Dichterwettlesens! Ich sagte, daß ich auch lesen würde . . . das heißt, daß ich hätte lesen sollen, aber dann wäre die Sache mit

dem Verschlafen passiert, und jetzt hätte man mich sicherlich von der Startliste gestrichen.
»Eigentlich bin ich gar nicht da!« sagte ich.
»Dann könnten wir ja in deinem Hotelzimmer übernachten«, rief Conny, »so wie früher!«
Da waren wir bereits beim dritten Whisky angelangt, in dieser billigen Kneipe, die noch offen hatte in der stockfinsteren, ungemütlich schwarzen Stadt K.
»So wie früher«, lächelte ich, »bloß ohne Ingo!«
»Auf Ingo!«
Es gab nur ein Bett in meinem Hotelzimmer. Ich wollte das Bett selbstverständlich Conny und Karin überlassen. Aber sie wollten unbedingt auf dem Teppich schlafen.
Der Nachtportier hatte geschlafen. War auch schon fast halb vier. Ich im Bett, Conny und Karin auf dem Teppich, in ihren Badeanzügen, in Badetücher eingewickelt . . . so wie früher . . .
»Schlaft ihr schon?«
»Schon lange!«(Gekicher) »Und du?«
Mir fiel meine ganze unendlich traurige Geschichte wieder ein. Das Verschlafen, der Wettbewerb. Vielleicht fahre ich mit ihnen nach Frankreich, dachte ich. Dann schlief ich ein.
Um sieben mußten sie aus dem Haus. Ich hatte versprochen, sie zum Bahnhof zu begleiten.
Wir verließen das Hotelzimmer, wir gingen am Frühstückspersonal vorbei, an der Etagendame

und am Empfangschef. Jetzt fiel mir erst auf, in welch stattlichem Hotel ich da untergebracht war. Sie versprachen mir zu schreiben, wir umarmten uns wie Kinder, der Zug fuhr pünktlich ab.

Als ich in mein Hotel zurückkam, trat mir der Empfangschef in den Weg. Die Etagendame stellte sich dazu. Dann kam der Hotelmanager. Der Hotelmanager sagte: »Wir wollen hier nicht über Moral reden«, und überreichte mir eine Rechnung für zwei Extra-Übernachtungen in der Höhe von 1.200 Schilling. Das war ein Schweinegeld für mich! Ich zahlte. Ich schnappte im Reflex meinen Text, den ich beim Wettbewerb gelesen hätte, wenn nicht alles schief gelaufen wäre, und rannte ohne Frühstück aus dem Haus.

In einer Schnapsbude trank ich Bier statt Kaffee. Dann ging ich, von einer merkwürdigen, lustvollen Neugier getrieben, zum Veranstaltungslokal, in dem – laut Informationsplan auf dem Einladungsschreiben – das Dichterwettlesen stattfinden sollte. Ich sah mir die vielen Menschen wie ein Fremder an, wie einer, der nicht dazugehört, wie einer, den es gar nicht gibt. Und den die anderen aus diesem Grund gar nicht sehen konnten.

»Als Nächster wäre Müller an der Reihe«, hörte ich wie aus weiter Ferne eine Mikrophonstimme sagen. »Ist Müller doch noch eingetroffen? Wenn nicht, dann bitte ich ans Lesepult . . .«

Den Namen, den die Stimme nannte, habe ich gar

nicht mehr gehört. Ich ging wie eine ferngesteuerte Puppe zum Lesepult und sagte, ich sei Müller. Dann las ich meinen Text.
Ich gewann den dritten Preis. Kein Vermögen, aber immerhin. Conny und Karin hätten noch dreiundzwanzigmal bei mir auf dem Fußboden übernachten können. Soviel war es allemal.
Außerdem wurde mein Text in diesem Buch abgedruckt – *Texte aus K.*, nach den Geschichten des ersten und des zweiten Preisträgers, und noch vor den Geschichten der Autoren, die in die engere Wahl gekommen, aber nicht ausgezeichnet worden waren.
Es sind auch Fotos in diesem Buch abgedruckt, Fotos vom Wettlesen, Fotos von den Siegern ... der erste Preisträger, der zweite, und ich. Und Pressemeldungen, aus wichtigen Zeitungen, über das Wettlesen und über die Sieger. »Müller, von allen der Munterste, auch emsigen Verfolgern der Gegenwartsliteratur bis dato unbekannt ...« hatte ein namhafter Kritiker geschrieben, »von allen der Munterste«, dabei hätte ich um ein Haar alles verschlafen.
Ich weiß nicht, ob ich selbst die Seiten 51 bis 66 aus dem Buch gerissen habe und wenn, warum eigentlich ... jedenfalls fehlen die Seiten 51 bis 66. Nach der Seite 50 mit dem Schlußabsatz der Geschichte des zweiten Preisträgers folgt die Seite 67 mit der zweiten Seite des Textes eines Autors, der

zwar in die engere Wahl gekommen, aber nicht ausgezeichnet worden war. Mein Text, der Text, den ich in der Nacht vor der Abreise nach K. geschrieben hatte, die ganze Nacht hindurch, weshalb ich dann auch die Auslosung zum Dichterwettlesen verschlief und beinahe nicht antreten hätte können, mein Text ist nicht mehr vorhanden. Vielleicht noch in Büchern, die andere Menschen besitzen, *Texte aus K., 79,* aber nicht in meinem. Conny und Karin haben mir ein halbes Jahr später aus Indonesien eine Karte geschickt. »Arbeiten jetzt als Krankenschwestern in Jakarta!«

## *Buona Notte, Biggi!*

Als ich neun war, wollte ich auf einem Elefanten durch die Straßen unseres Ortes reiten. In einer Leoparden-Badehose. Die Buben und Mädchen meiner Klasse, der Vierten-Volks, sollten mit Palmwedeln neben dem Elefanten herlaufen und durch lautstarke Jubelrufe mein Erscheinen signalisieren. Dann wären die Frauen und Männer an die Fenster gekommen, in allen Häusern, vom Ortseingang bis zum Ortsende, und die anderen Kinder, und alle hätten applaudiert und mir mit bunten Tüchern zugewunken. Auch Biggi. Vor allem Biggi. Mit dreizehn bekam ich eine Trompete. Mit vierzehn konnte ich »Buona Notte« von Rocco Granata ziemlich gut spielen. Ich spielte es hundertmal beim offenen Fenster hinaus. Mittags, abends, immer dann, wenn der Bus stehenblieb, in dem Biggi saß oder sitzen sollte. Ich richtete mich da nach ihren Stundenplänen, die ich auswendig wußte. Zur Vorsicht spielte ich nicht nur zum berechneten Zeitpunkt ihrer Ankunft, sondern auch eine Viertelstunde davor und eine Viertelstunde danach. Um Dreiviertel, um Ganz, um Viertelnach. Immer wenn ich das Bremsgeräusch des Busses und die Stimmen der aus dem Bus aussteigenden Menschen hörte, begann ich dieses melancholische Lied zu blasen ... Buona Notte ... Ich wußte nie, wann Biggi meine Trompete hörte, um Dreiviertel, um Ganz oder um Viertel nach. Vom Fenster aus hätte ich es sehen können. Der Bus blieb genau vis-à-vis von meinem Fenster stehen. Aber ich stellte mich nicht ans Fenster. Ich stand vielmehr mitten im Zimmer, so daß mich von der Straße her keiner sehen konnte, und blies so laut und vor allem so schön ich konnte »Buona Notte« auf das geöffnete Fenster zu. Es wird wohl das eine oder andere Mal vorgekommen sein, daß Biggi mein Trompetenspiel gleich beim ersten Mal, also um Dreiviertel gehört hatte, und daß die folgenden Auftritte, um Ganz und um Viertelnach, irgendwie überflüssig waren. Natürlich hätte ich nachschauen können. Ich hätte mich auch in voller Größe ans offene Fenster stellen können, um dann »Buona Notte« auf die Straße hinunter, auf Biggi hinunter zu blasen. Aber das war nicht mein Stil. Ich schaffte es irgendwie nie, genußvoll im Mittelpunkt zu stehen. Ich stand lieber mitten im Zimmer, unsichtbar für die anderen, und schickte den Klang meiner Trompete in den Mittelpunkt ...

oder besser: durchs offene Fenster in die Abendluft, an Biggis Ohr. Ich bin ja auch nie wirklich auf einem Elefanten durch die Straßen meines Ortes geritten. Ich schreibe höchstens darüber, und auch das erst nach vielen Jahren.
Ich weiß bis heute nicht, ob Biggi je mein »Buona Notte« gehört hat, und ob sie – wenn sie es gehört hat – überhaupt kapiert hat, daß ich da live spielte, daß das keine Plattenaufnahme von Roy Etzel oder Nini Rosso war. Ich weiß nur, daß es eines Abends, es war ein Adventabend, schon völlig dunkel draußen, daß es eines Abends also an unserer Wohnungstüre läutete. Und draußen stand nicht Biggi, sondern ein Gendarm.
Es blieb bei einer Ermahnung – ich war ja erst fünfzehn. Und zu Weihnachten bekam ich einen Schalldämpfer für die Trompete. »Buona Notte« blies ich nie mehr durchs offene Fenster. Auch nicht mit Schalldämpfer. Ich dachte eine Zeitlang: hoffentlich denkt Biggi nicht, es hätte etwas mit ihr zu tun, daß ich jetzt nicht mehr spiele, vorausgesetzt, sie hat je mitbekommen, daß ich einzig und allein für sie gespielt habe.
Ende 65 war das, als der Jazztrompeter Miles Davis nach seiner Hüftoperation endlich wieder auf Tour gehen konnte, wie ich aus dieser *Miles Davis Autobiographie* weiß, die ich mir vor vierzehn Tagen gekauft habe. Er hat in Philadelphia und Chicago gespielt, vielleicht sogar an jenem Abend, als ich

die erste Verwarnung meines Lebens bekam, wegen Trompetenspielens bei offenem Fenster.
»Im Jahr 1965 war die Musik so ›free‹ wie nie zuvor«, schreibt Miles Davis.
Wie gesagt: mich ans offene Fenster zu stellen, das hätte ich ohnehin nie im Leben geschafft. Ich wollte meine Gefühle aus der Tiefe meines Zimmers, aus der Tiefe meines Herzens mittels Musik zum Ausdruck bringen. Indirekt ... mehr symbolisch.
Man nannte das »öffentliche Ruhestörung«.
Meine Trompete hab ich auch schon lang nicht mehr.
»Buona Notte« war eine ausgemachte Edelschnulze.
»Buona, buona, buona notte, schlaf ein, mein Junge, alles was man will, das kann man nicht haben ...«
Vielleicht hätten sie mich auch nur ausgelacht, wenn ich wirklich auf einem Elefanten durch die Straßen unseres Ortes geritten wäre, Biggi ... und all die anderen ...

## *Ich bring das mit Charlotte in Ordnung*

Ich kaufe ununterbrochen Bücher, die ich nicht lese, deren Inhalt mich nicht interessiert, jedenfalls momentan nicht interessiert. Bücher ohne Gegenwart gewissermaßen. Bücher mit falschen Etiketten. Aber mit einer Zukunft. Und mit künftigen Wirkungen. Ich weiß, daß ich mich auf meine Bücher verlassen kann. Auch auf die ungelesenen. Gerade auf die ungelesenen!

Charlotte hatte mich also verlassen.

Ich wollte mich vor ein Auto werfen. Ich ging monatelang auf der rechten Straßenseite, monatelang in Handbreite neben den Fahrzeugen. Ich spürte monatelang den Fahrtwind neben mir. Ein kleiner Schritt hätte genügt, und Charlotte wäre für alle Zeiten die Blamierte gewesen, die Schuldige, das auslösende, mein Leben auslöschende Moment. Ich wäre einfach umgefallen, und alles wäre endgültig aus gewesen. Vor allem die Sache mit Charlotte. Ich wachte monatelang mit dem Wissen

auf: dies ist also dein letzter Tag – Charlotte wird es noch leid tun!
Da fiel mir dieses Buch in die Hände. Oder meine Hände glitten auf dieses Buch zu, so genau läßt sich das nicht wiedergeben. Flora hatte mir das Buch geschenkt, zwei Weihnachten früher. Ich hatte es ins Bücherregal gestellt und vergessen. Ungelesen. Damals gab es ja noch Charlotte. Damals gab es noch diese große Liebe zwischen uns. Damals gab es noch eine wunderbare Zukunft für mich und für sie. Floras Buch hatte nicht einmal eine Gegenwart. Die Geschichte mit Charlotte ging schrecklich zu Ende. Sie sagte: »Mach's gut!« Aber ich erklärte ihr den Krieg. Mit ganzer Härte. Ich bombardierte sie mit nächtlichen Telefonaten, bis sie sich eine andere Nummer zulegte. Ich lauerte ihr auf, bis sie in eine andere Stadt zog. Aber davon hatte sie ohnehin immer geträumt. Ich fand ihre neue Adresse heraus, natürlich fand ich ihre neue Adresse heraus! Ich fuhr in die fremde Stadt und schlich nächtelang um ihr neues Haus. Ich läutete an der Türe und rannte davon. Ich wählte die neue Nummer und legte auf, sobald sie ihren Namen genannt hatte.
Eines Morgens stand ich vor ihrer Türe, läutete an und blieb stehen. Ich wußte nicht, was zu sagen gewesen wäre, ich wußte nicht einmal, was ich eigentlich wollte. Ich stand da, wie ich das erstemal vor einer Bordelltüre gestanden bin, und wie man

wahrscheinlich – wenn es das gibt – vor dem Tor zum Tod stehen wird. Man hat geläutet. Alles andere nimmt seinen Lauf.
Charlotte sah verschlafen aus, wie immer um diese Zeit . . . wie früher immer um diese Zeit. Am Morgen war Charlotte nicht einmal schön. Aber ich sagte: »Hallo, hübsch siehst du aus!« Und Charlotte sagte: »Ich hole die Polizei!« Ich versuchte zu erklären, aber sie warf die Türe zu. Ich trat gegen die Türe und schlug mit den Fäusten drauf. Wahrscheinlich hätte sie wirklich die Polizei geholt. Ich ging davon, verhöhnt und verprügelt. Wie ein Schlafwandler auf die meistbefahrene Straße zu. Ich nahm meinen Platz handbreit neben den dahindonnernden Fahrzeugen ein.
Irgendwie kam ich doch noch heil davon. Irgendwie kam ich wieder bei mir zu Hause an. Und dann die Sache mit den Händen und dem Buch, oder dem Buch und den Händen. Und dann der Satz: »Wenn du lernst, die Hölle zu lieben, bist du im Himmel.«
Der Satz stammte aus dem Buch *Der Erleuchtung ist es egal, wie du sie erlangst.* Thaddeus Golas hat es geschrieben. Flora hat es mir geschenkt.
Die Hölle war noch lange Zeit die reinste Hölle. Ich schlug um mich, ich riß Charlotte aus dem Schlaf, ich ging auf den rechten Straßenseiten, handbreit neben meiner Auslöschung. Aber ich las in diesem Buch. Und die Sätze machten mich

ruhiger, unendlich langsam, aber immerhin. »Liebe es so, wie es ist!«
Ich reiste in Charlottes Stadt, schlich wie ein Tier um ihr Haus, eine ganze Nacht lang ... und fuhr nach Hause, ohne eine Spur zu hinterlassen. Ich dachte in Liebe an sie, ohne Bombendrohung und ohne Telefonterror. Ich holte mir mit jedem Satz aus diesem Buch meine Friedfertigkeit zurück. »Kein Widerstand!«
»Die einzige Handlung, die wirklich einen Wandel zum Besseren hervorbringt, ist die, daß du deine Schwingungsebene veränderst, daß du die Ebene deiner Liebe erhöhst!«
Ich veränderte. Ich erhöhte.
Ich begann zu lächeln, liebend zu lächeln. Ich arrangierte mich mit der Hölle, die allmählich ihre Schrecken verlor. Ich lächelte meinen Feinden zu. Ich lächelte wildfremden Menschen zu.
»Unabhängig davon, was andere tun: Du bist der einzige, der für das verantwortlich ist, was dir zustößt!« Ich las Thaddeus Golas wieder und wieder. Die Hölle von früher ging in eine Hölle mit hübsch geschmückten Gärten über, dann in eine mit Keksen und Tee. Ich lächelte den Autolenkern zu, die energisch hupten, wenn ich zu knapp am Straßenrand dahinmarschierte.
Es ist eine unvergeßliche Übung, durch eine menschenverstopfte Gasse in einer Touristenstadt zu gehen und unbekannten Leuten in Liebe zuzulä-

cheln. Ich ging täglich zweimal, dreimal durch die unerträglichsten Gassen in meiner Reichweite, ging auf und ab, mit dem Lächeln der Gütigen auf den Lippen, mit der Sehnsucht nach Versöhnung im Herzen.

»Geh dorthin zurück, wo du angefangen hast, und lerne, es mehr zu lieben!« Ich ging die alten Wege, ich traf die alten Freunde, ich freundete mich mit dem Himmel an.

»Und?« fragte Flora.

Ich lächelte nur.

Flora verstand sofort.

Ich fuhr in Charlottes Stadt. Nicht um sie zu demütigen, nicht um sie zu terrorisieren. Nicht einmal beschämen wollte ich sie. Ich wollte einfach vor ihr stehen, in meiner neuen Ruhe und Friedfertigkeit, ihr ein Lächeln schenken, ohne Absicht, ein bedingungsloses Lächeln, und den Knoten zwischen uns beiden sanft auflösen. Das war alles, was ich wollte.

Charlotte sah verdammt gut aus. Am Abend sah sie immer verdammt gut aus. Trug einen Pelzmantel ... stand vor der Auslage eines Juweliergeschäftes ... ich hatte sie sofort erkannt, nach all den Monaten! Nicht Zusammenziehen ... weit werden ... sagte ich mir lächelnd vor ... nicht verhärten ... auflösen ... in Liebe auflösen ... weit werden ... ganz weit werden ... ruhig atmen ... Liebe ausatmen ...

Charlotte stieß einen Schrei aus und bog um die nächste Ecke. Früher wäre ich ihr nachgerannt, hätte sie am Handgelenk gepackt und zur Rede gestellt. Jetzt stand ich da, zitternd und lächelnd, ein einziges minutenlanges Herzklopfen, verzweifelt lächelnd, lächelnd am Straßenrand, den Autohupen zulächelnd, »willkommen daheim, in der Hölle!« . . .

»Geh dorthin zurück, wo du angefangen hast, und lerne, es mehr zu lieben!« Ich fuhr zurück in meine Stadt. Ich lief die alten Gassen auf und ab, ich lächelte wildfremden Menschen in die Gesichter und begann, ihnen schöne Gedanken zu widmen. Einfach so. Wildfremden Menschen, schwitzenden, mürrischen, eitlen, überheblichen, häßlichen, widerlichen Menschen . . . »alles Glück sei mit euch« . . . oder »möge dir das Beste widerfahren« . . .

Ich liebte es, durch die überfüllten Gassen zu gehen, ich liebe es heute noch. Je mehr Menschen mich umfluten, desto ruhiger werde ich. Ich gehe immer wieder dorthin zurück, wo ich angefangen habe und lerne, es mehr zu lieben. Es funktioniert. Es funktioniert wirklich. Nur bei Charlotte hat es nicht funktioniert, jedenfalls am 7. Februar 1985 nicht, am dritten Jahrestag unserer Trennung. Ich reiste zu ihr, nachdem ich sie fast zwei Jahre lang nicht mehr mit Telefonterror und plötzlichen Anwesenheiten erschreckt hatte, reiste zu ihr als neuer

Mensch, denn ich war zweifellos ein neuer Mensch geworden. Alle bestätigten mir, daß ich ein neuer Mensch geworden sei. »Du strahlst so viel Ruhe aus«, sagte mein Freund Herbert, der selbst noch stark am verunsicherten Herzen litt. Manchmal lächelten jetzt schon wildfremde Menschen zurück. Es gab keine Hölle mehr. Ich hatte mir die Hölle in einen Himmel zurechtgelächelt.
Eine ganze Woche lang lief ich durch die fremde Stadt, auf der Suche nach Charlotte. »Weit werden ... nicht zusammenziehen ... lösen ... weit, ganz weit werden ...«
Charlotte mußte die Wohnung gewechselt haben ... denn die Fensterläden von früher blieben die ganze Zeit geschlossen, und auch ihr Auto parkte nicht in der Nähe. Ich ging von Café zu Café, und am Abend suchte ich die Bars und Pizzerias heim. Charlotte hatte keinen Eintrag im Telefonbuch. Und keine Auskunft konnte mir Bescheid geben. Mein Herz begann wieder zu flattern, die Autos fuhren wieder verdächtig nahe an den Randstein heran, aber ich hatte dieses Buch bei mir ... »je ausgedehnter unser Bewußtsein ist, desto weniger sehen wir uns in Zwänge verwickelt.«
Ich mußte unsere Angelegenheit bereinigen. Unsere verloschene Liebe warf einen Schatten auf meinen neuen Frieden. Ein ruhiges, sanftes Gespräch ... und alles wäre in Ordnung gekommen, in die

lang ersehnte, wohl vorbereitete Ordnung. Mein Himmel wäre ein endgültiger Himmel geworden. Ohne Charlotte. Und ohne Groll. Am Abend vor meiner Abreise aus ihrer neuen Stadt ging ich ins Konzert. Ich liebe Ivo Pogorelic. Ich wußte, daß sie Ivo Pogorelic liebt. Wir hatten nächtelang Platten von Ivo Pogorelic gehört. Damals, zu unserer Zeit.

Weit werden . . . ganz, ganz weit werden . . . nicht zusammenziehen, nicht verhärten, kein Widerstand . . . ich sah Charlotte in der Pause. Sie war mit einem smarten Typen unterwegs. Weit . . . weit . . . keine Enge . . . liebe es mehr . . . der Erleuchtung ist es egal, wie du sie erlangst . . . mein Herz flatterte trotz alledem. Charlotte schaute durch mich hindurch. Ich lächelte wie im Fieber . . . sie redete unbeirrt mit ihm weiter . . . sie mußte mich erkannt haben . . . aber sie zuckte mit keiner Wimper . . . ich war Luft für sie . . . lächelnde, zitternde Luft . . . dann läutete die Pausenglocke den zweiten Teil des Konzertes ein.

Der zweite Teil war eine einzige Katastrophe. Der Pogorelic spielte so schlecht, wie ich ihn nie spielen gehört habe. So eng, so hart, so verkrampft. Handschellen-Chopin, Rachmaninow für Lebenslängliche.

Das war der dritte Jahrestag unserer Trennung. Das hätte der erste Tag einer abgeklärten Beziehungslosigkeit werden können . . . weit, weit . . .

voller Liebe und Güte ... aber Charlotte hatte durch mich hindurchgeschaut, als wäre ich ein Stück Glas für irgendein nutzloses Fenster in einer Industriestadt.

Ich gab nicht auf. Ich las weiter in meinem Erleuchtungsbuch.

Ich lese heute noch darin. Ich verschenke den Thaddeus Golas an alle Menschen, die mir wichtig sind. Ich habe ihn schon acht oder neunmal verschenkt, mindestens.

Am siebten Jahrestag unserer Trennung war ich wieder einmal in Charlottes Gegend. Das heißt: ich wußte nicht einmal, ob es noch ihre Gegend war. Ich war einfach hingefahren, mit dem Zug und einem klopfenden Herzen. »Weiter ... weit werden ... nicht einkrampfen ... nicht verhärten ... nur ein ausgedehntes Bewußtsein bringt Erleuchtung oder wenigstens den Frieden ...«

Die letzten Jahre hatte ich mit Rosa verbracht. Rosa war eine verständnisvolle Frau. Wir lasen gemeinsam Thaddeus Golas und lächelten gemeinsam wildfremden Menschen zu. »Ich bringe das mit Charlotte in Ordnung«, sagte ich zu Rosa und fuhr in Charlottes Gegend. Rosa war mir eine echte Freundin gewesen. Rosa hatte mich wirklich verstanden. Rosa kochte hervorragend und liebte meine Bibliothek. Ich liebte Rosa für all das.

Das mit Rosa wäre eine schöne Sache gewesen. Aber da war noch Charlottes Schatten. Ich wollte

alles in Liebe auflösen. Ein einziges Wort hätte genügt, und Rosa und ich hätten unseren Himmel bewohnen dürfen.
Diesmal traf ich Charlotte gleich am ersten Abend. Pogorelic spielte besser als damals. Viel besser. Charlotte war in Begleitung eines anderen Herrn als vier Jahre zuvor. Weit ... weit ... ausatmen ... einatmen ... Liebe verströmen ... kein Widerstand ... nur Weite ... Weite ... Charlotte sah nicht durch mich hindurch.
Ich lächelte.
Charlotte sah mich einfach an.
Weite ... (es wirkte!) ... nichts als Weite ...
»Wie gehts?«
»Gut. Und selbst?«
»Gut. Sehr gut.«
Ich hatte es geschafft. Das heißt: meine Füße zitterten. Und mein Herz tobte gegen den Kopf zu, als würde ein feindlicher Boxer immer wieder auf den Adamsapfel schlagen, immer wieder, immer wieder ...
Weite ... Thaddeus Golas' befreiender Gedanke von der Weite ...
»Du bist schön wie damals«, sagte ich. Und der Boxer schlug heftig zu. (Weite ... Ausdehnen, nicht Zusammenziehen ... Lieben ... Weite, Weite ...)
»Fett bist du geworden!« sagte Charlotte.

Ich laufe immer noch durch die Straßen aller Städte und lächle wildfremden Menschen zu.
Rosa hat längst einen anderen.
Flora hab ich nie mehr gesehen.
Ich hab mich gelöst von allem.
Nur mehr Weite . . . Weite . . . und Liebe . . .
Charlotte.
Wo bist du, Charlotte?
Vergiß nicht – nächstes Jahr steht der zehnte Jahrestag unserer Trennung an . . .

## *Regina im Niemandsland*

Ich habe einen Menschen verschwinden lassen. Neulich erst. Das ist ganz einfach. Ich habe ihn an ein Brückengeländer treten lassen, ich habe ihn in den reißenden Fluß blicken lassen. Er hat die Arme ausgebreitet, hat sich an den Brückensäulen festgehalten. Dann ist er verschwunden, ganz langsam, hat sich in Luft aufgelöst, ist durchsichtig geworden und immer durchsichtiger, bis er nicht mehr da war. Bis man nur mehr die Landschaft sah, die Uferböschung, die Stadt im Hintergrund und den reißenden Fluß.
Wir haben die ganze Szene nur einmal drehen müssen. Es hat auf Anhieb geklappt. Der Steg, auf dem sich der Mann entmaterialisierte, war erst vor ein paar Tagen feierlich eröffnet worden. Er trug jetzt den Namen des Dichters Georg Trakl. Der Mann war ganz in Schwarz gekleidet, schwarze Hose, lange schwarze Jacke. Er trat von links ins Bild, wie abgesprochen, stellte sich an das dunkel-

grüne Brückengeländer, krallte sich mit ausgebreiteten Armen an den Metallsäulen fest und senkte den Kopf.
Es regnete in Strömen, und der Mann – also ich – war nach diesen wenigen Augenblicken naß bis auf die Haut. Das mit dem Verschwinden ist ein einfacher Trick. Die Kamera wird auf dem Stativ fest montiert. Der Mann – also ich – betritt die Szene, schwarz gekleidet, krallt sich fest, senkt den Kopf. Dann geht er weg, aber die Kamera bleibt drauf, lichtet denselben Bildausschnitt ab, diesmal ohne den Mann, also ohne mich. Und im Studio, am Schnittplatz, werden die beiden Szenen übereinandergelegt, und der Mann – also ich – wird langsam aus dem Bild geblendet, von der Brücke weg, in den grauen Himmel hinein, durch den grauen Himmel hindurch ins Niemandsland. Ich löse mich in Luft auf, ich werde immer durchsichtiger, bis ich nicht mehr da bin.
Ich habe das schon öfter gemacht, ich verdiene mir mit diesen kleinen Fernseh-Spielereien gerne etwas dazu. Ich weiß, daß ich nicht wirklich verschwinde – aber die Szene fasziniert mich wie beim ersten Mal . . . geht an das Brückengeländer, stellt sich hin, krallt sich fest, senkt den Kopf . . . und verschwindet. Einfach so. Ich spiele mir diese Episode immer wieder vor, im Vorlauf, im Rücklauf . . . das Verschwinden, das Erscheinen. Das Verschwinden ist fraglos eindrucksvoller. Und die-

se Szene, eine kleine Melancholie über meine Heimatstadt, ist ganz gut angekommen.

»Als die Straße hinter mir lag, hatte ich ein Gefühl, als ob ich unsichtbar würde«, sagt Holden Caulfield in J. D. Salingers Roman *Der Fänger im Roggen.*

»Es war so ein verrückter Nachmittag, furchtbar kalt, keine Sonne, und jedesmal, wenn man eine Straße kreuzte, hatte man ein Gefühl, als ob man verschwände.«

Den Salinger hatte ich von Regina.

Regina stand eines Tages in unserer Redaktionszimmertür. Wir tippten an irgendwelchen Artikeln herum, wir zogen an unseren Bierflaschen, wir rauchten unsere Zigaretten. Regina haben wir erst Ewigkeiten später entdeckt. Vielleicht ist sie zwanzig Minuten in der Türe gestanden, vielleicht eine Stunde. Wir hatten sie nicht kommen gehört, nicht kommen gesehen. Wie wir sie nie kommen gehört oder gesehen haben, die paar Jahre, die sie noch lebte. Nicht einmal ihr Bruder hatte sie bemerkt. Immerhin war er der Erste, der aufschreckte – »Regina!«

Sie wollte ein bißchen jobben, irgendwas tun, in irgendeiner Nähe von irgendwem sein, solange sie noch lebte. Ich sehe noch ihren scheuen Blick, ich erinnere mich an die Farbe ihrer Haut. Ich weiß nicht, ob wir uns bemüht haben. Wir haben sie zu

Pressekonferenzen geschickt und sind zusammengezuckt, wenn sie in der Tür stand, wie vergessen. »Ich warf ihr Blicke zu, aber sie tat so, als ob sie mich überhaupt nicht sähe.« Sie schenkte mir ihren Salinger, mit dem ich damals nichts anfangen konnte. Ich schenkte ihr ein lächerliches Bändchen mit dem lächerlichen Titel *Schlagzeile*, mit dem sie nichts anfangen konnte. Aber irgendwie mochten wir uns sehr. Vielleicht war das unser gemeinsames Leben – das Verschwinden und das Auftauchen. Ich habe mich auf technischem Weg meinen Träumen genähert. Ich kann mich verschwinden und auftauchen lassen, wie ich will. Regina hat das tatsächlich gekonnt. Unter Schmerzen vielleicht, aber immerhin.
Ich träumte einmal von einer Tageszeitung, in der nur die Träume der Menschen abgedruckt sind. Geordnet nach Sachgebieten. Träume von der Liebe, Träume mit Tieren, schwere Träume, Todesträume, Träume in goldenen Farben. Wir haben die üblichen Zeitungen produziert. Zeitungen vom alltäglichen Sterben, von kleinlichen Wettbewerben, Zeitungen gegen das allfällige Auftauchen und Verschwinden von Körpern in ihrer Umgebung. Ich arrangierte mich. Regina wurde immer leichter und durchsichtiger.
Ich weiß nur mehr, daß sie in eine andere Stadt zog, daß ihr in einem miesen Versicherungsjob Engelsflügel wuchsen, daß sie irgendwann einmal einen

ganzen Tag in unserer Türe stehen konnte, ohne entdeckt zu werden, daß sie ihren Übergang in Räume mit anderen Türen nicht erwarten konnte, daß sie sich solange betäubte, bis sie tot war.
»Hör. He, hör zu. Ich komme am Heiligen Abend. O.K.? Den verdammten Baum für dich zu schmücken. O.K.? O.K.?«
Ich weiß noch, wie wir an einem Gründonnerstag eingeraucht vor dem Fernsehapparat gesessen sind und uns Zeffirellis Passionsfilm anschauten. Und wie wir gelacht haben bei der Kreuzigungsgeschichte, weil wir wußten, daß kein echter Gott so von dieser Welt abgehen würde. Am Holz festgenagelt, unfähig sich in Luft aufzulösen. Von ihrem Tod war ich auch enttäuscht, zu guter Letzt. Sie ist an ihrem Erbrochenen erstickt, aber vielleicht ist das nur so eine kleine Episode für die Hinterbliebenen wie meine Episode von dem Mann, also von mir, der an das Brückengeländer des Georg-Trakl-Steges tritt, die Arme ausbreitet, den Kopf senkt und sich langsam aus dem Film ausblendet.
Zu ihrem Begräbnis kamen Menschen, die ich noch nie gesehen hatte. Sie hatten Nelken aus dem nächsten Park in den zittrigen Händen. Sie ließen die Weinflasche rundum gehen. Sie weinten geräuschlose Tränen.
In der Nacht von Reginas Tod hatte ich ein merkwürdiges Erlebnis. Ich schlief ein, erwachte, bekam die Augen nicht auf, befand mich in der dunkelsten

Dunkelheit, sah meine Hand nicht vor den Augen, nicht den Körper Marias, die neben mir schlief. Irgend etwas lag schwer auf mir und drückte mich durch das Bett auf den Fußboden und durch den Fußboden in die Erde. Minutenlang. Ist das Verschwinden schwerer, als wir denken?
Alle sagten am Schluß: sie hatte gar keine Chance. Punkt.
Den Salinger mag ich immer noch.
»Es tut mir leid, daß ich so vielen Leuten davon erzählt habe. Ich weiß eigentlich nur, daß mir alle irgendwie fehlen, von denen ich erzählt habe.«
Merkwürdig. Das ist das erste Mal, daß ich von Regina erzähle.
»Man sollte nie jemand etwas erzählen. Sonst fangen sie an einem zu fehlen.«

## *Maria packte ihre Bücher ein und ging*

Und welches Buch erinnert dich an mich?«
»An dich?«
»Ja, an mich?«
»Also . . .«
». . . nun?«
»Ich weiß nicht . . .«
»Feigling!«
»Bei dir ist das etwas anderes!«
»Ach! Und wieso?«
»Vielleicht . . . weil unsere Geschichte noch so frisch ist . . . wir sind seit sechs Jahren zusammen!«
»Seit sieben Jahren!«
»Umso ärger!«
»Wieso ärger? Ich dachte immer, wir verstehen uns, wir . . . wir sind füreinander da . . . wir helfen uns gegenseitig, ja, wir sind uns eine gegenseitige Hilfe, eine Stütze . . . ich dachte, das sei klar zwischen uns beiden . . .«
»Ich bin dir also eine Hilfe, eine Stütze. Ich bin

deine ... Krankenschwester ... deine ... Putzfrau ... deine Köchin ...«

». . . also bitte, wer macht jeden Tag das Frühstück?«

»Jaja, das Frühstück ...«

»... wer bügelt die ganze Wäsche ...«

»Okay, ich sag ja nichts ...«

»... Geschirrabwaschen ...«

»Aber an ein Buch erinnere ich dich nicht! Stimmt's? Höchstens an ein Kochbuch ...«

»... das ist jetzt total unfair. Von einem Kochbuch war nicht die Rede!«

»Es war von überhaupt keinem Buch die Rede! Das ist noch schlimmer! Da schreibst du seitenlang über Bücher ... und über die Frauen, an die dich diese Bücher erinnern . . . und für mich hast du nicht einmal ein Kochbuch bereit, nicht einmal das! Ich passe nicht in deinen Bücherschrank ... sollen wir uns trennen? Bitte sehr, ich leg dir nichts in den Weg! Nicht einmal ein Buch! Ein Buch schon gar nicht! Ich überlaß dir die Wohnung, wenn du willst! Kein Problem. Ich hab schon oft genug von vorne angefangen – fang ich halt wieder einmal von vorne an!«

»Ich weiß gar nicht, was du hast ...«

»... nichts, ich hab nichts, absolut gar nichts! Ich finde es nur reichlich merkwürdig, daß dir zu mir so gar nichts einfällt ... oder genierst du dich etwa . . . bitte, meinetwegen brauchst du dir keinen

Zwang anzutun ... schreib was du willst, schreib, wie langweilig dir mit mir ist, schreib's ruhig ... wer durch dein Gehirn kriecht, während wir beisammen sind ... oder schreib, wie das gewesen ist, damals, als ich dich im Kaffeehaus auslösen mußte, weil du so besoffen warst ... wegen der anderen, die dir davongerannt ist ... wie du geheult hast wegen der kleinen Schauspielerin, die dir schöne Augen gemacht hat, bis du vor ihr auf dem Boden gekrochen bist wie ein armseliger Hund ... und hinter deinem Rücken haben sie dich ausgelacht ... sie und ihr Freund und die anderen. Und dann bist du gekommen und hast geheult. Und bist in den nächsten Sommerabend gerannt, mit verbundenen Augen. Bist am Boden gekrochen ... und zu mir gekommen. Und jetzt fällt dir nichts ein, nichts, während du den anderen deine wehmütigen Lieder nachsingst ...«

»Du glaubst doch nicht ...«

»... was glaub ich nicht?«

»... daß auch nur ein Sterbenswörtchen wahr ist an der ganzen Geschichte, daß ich das alles selbst ... du, das ist rein literarisch, verstehst du ... ich dachte, das hätte ich dir bereits erklärt ...«

»Du lächelst gar nicht im Schlaf ... jedenfalls immer seltener!«

»Was hat das jetzt damit zu tun?«

»Du hast geschrieben ... ›Maria sagt immer, ich lächle im Schlaf!‹«

»Hast du auch gesagt!«
»Wann hab ich das gesagt?«
»Ich weiß nicht . . . irgendwann einmal . . . früher . . .«
». . . früher hast du auch gelächelt . . . ich dachte damals, er lächelt meinetwegen . . . aber wahrscheinlich sind dir bloß deine Connys und Karins durch den Kopf gegangen.«
»Wie soll ich heute wissen, wer mir damals durch den Kopf gegangen ist – noch dazu, wo ich geschlafen habe!«
»Heute schnarchst du!«
»Du auch!«
»Heute schlafen wir in getrennten Zimmern, weil du . . . «
». . . bitte, das geht niemanden etwas an, ja!?«
»Aber es ist die Wahrheit!«
»Eben! Und ich schreibe nur Erfundenes!«
»Du könntest ja schreiben: ›Maria hatte mein Schnarchen satt! Und meine Launen! Und mein Geschreibe! Und meine Unordnung! Maria packte ihre Bücher ein und ging . . .‹«
»Du willst also gehen?«
»Ich sagte nur . . . du könntest ja schreiben: ›Maria packte ihre Bücher ein und ging . . .‹«
»Ja, das wäre der Anfang für eine Geschichte!«
»Brauchst du diese Geschichte?«
». . . ich . . . weiß nicht . . .«
». . . du weißt nicht?«

». . . ich . . . glaube nicht . . . nein, ich bin mir sicher! Ich brauch sie – nicht! Niemals, hörst du? Nie!!«
»Ist ja schon gut!«
»Nie! Nie!!«
»Was hast du?«
»Ich brauch diese Geschichte nicht!! Verstehst du, ich suche ununterbrochen Geschichten . . . aber diese will ich nicht. Diese nicht!«
»Ist ja schon . . .«
». . . nur diese nicht!«
»Warum weinst du denn?«
»Einfach so!«
»Ohne Grund?«
»Mit zwölf hab ich einmal eine ganze Nacht lang über den Tod meiner Großmutter geweint!«
»Eine ganze Nacht lang?«
»Ja. Aber meine Großmutter ist erst 18 Jahre später gestorben!«
»Ist ja schon gut . . .«
». . . Maria packt also nicht ihre Bücher . . .«
». . . Maria wird es sich überlegen . . .«
». . . ich werde keine Geschichten über Maria schreiben . . .«
». . . auch keine guten?«
». . . auch keine guten!«
»Okay, dann bleibe ich.«

*Geschrieben in Salzburg und Rauris 1991-1993*

## *Meine Bücher*

Walter Benjamin, *Über Haschisch*, suhrkamp taschenbuch 21, Frankfurt am Main, 1972 (1. Auflage)
Heinrich Böll, *Ansichten eines Clowns*, Deutscher Taschenbuch Verlag, München, 1975, (19. Auflage)
John Cohen, *Golem und Roboter*. Über künstliche Menschen, Umschau Verlag, Frankfurt am Main, 1968
Alain Corbin, *Pesthauch und Blütenduft*, eine Geschichte des Geruchs, Verlag Klaus Wagenbach, Berlin, 1984
Miles Davis, *Autobiographie*, Hoffmann und Campe, Hamburg, 1990
Daniel Defoe, *Robinson Crusoe*, Goldmanns gelbe TB 557/58, München, 1959
Dittberner, Körfer, Schön, *Schuß – Tor*, Limpert Verlag, Frankfurt, 1960
Georg Feiner, *Tagebuch*, 1000 Seiten, handgeschrieben

Herbert W. Franke, *Zarathustra kehrt zurück*, Science-fiction-Erzählungen, suhrkamp taschenbuch 410, Frankfurt am Main, 1977

Erich Fried, *Liebesgedichte*, Quarthefte, Wagenbach Verlag, Berlin, 1979

Sigmund Freud, *Zur Psychopathologie des Alltagslebens*, Fischer Taschenbuch Verlag, Frankfurt am Main, 1970 (218.-235. Tausend)

Roland Göök, *Alle Wunder dieser Welt*, Genehmigte Lizenzausgabe für Bertelsmann, Gütersloh, 1968

Thaddeus Golas, *Der Erleuchtung ist es egal, wie du sie erlangst*, Sphinx-Pocket, Sphinx Verlag, Basel, 1979

Armin Hary, *10,0*, Copress Verlag, München, 1961

Günter Herburger, *Jesus in Osaka*, Luchterhand Verlag, Neuwied und Berlin, 1970 (2. Auflage)

Johann Peter Hebel, *Schatzkästlein des Rheinischen Hausfreunds*, Reclam, Universal-Bibliothek, Stuttgart, 1961

Hoche, Meissner, Sinhuber, *Die großen Clowns*, Knaur-Taschenbuch, München (1. Auflage)

Anny Hoffmann, *Teddys Abenteuer*, ein Bilderbuch, Tosa Verlag, Wien, 1955

Peter R. Hofstätter (Herausgeber) *Das Fischer Lexikon: Psychologie,* Fischer Bücherei, Frankfurt am Main, 1966 (307.-331. Tausend)

Robert Jungk, *Die Zukunft hat schon begonnen*, rororo Nr. 6653, 1968 (71.-85. Tausend)

Jack Kerouac, *Tristessa*, Rowohlt Verlag, Reinbek bei Hamburg, 1977 (31.-38. Tausend)
*Klagenfurter Texte 1979*, List Verlag, München, 1979
*Kramers Duits Woordenboek*, Duits-Nederlands, Nederlands-Duits, Den Haag, 1940
John Lennon, *Gimme Some Truth*, Das komplette John-Lennon-Songbook, Pendragon Verlag, Bielefeld, 1990
Ruth Malhotra, *Manege frei*, Artisten- und Circusplakate von Adolph Friedländer, Die bibliophilen Taschenbücher, Dortmund, 1979
Herbert Marcuse, *Versuch über die Befreiung*, edition suhrkamp 329, Frankfurt am Main, 1969 (1.-25. Tausend)
Gerhard Maier, *Der Prophet Jona*, Wuppertaler Studienbibel: Altes Testament, Wuppertal: Brockhaus, 1979
Friedrich Maurer (Herausgeber), *Die Lieder Walthers von der Vogelweide*, Max Niemeyer Verlag, Tübingen, 1969 (3., verbesserte Auflage)
Edgar Neis, Bausteine Deutsch, *Unterrichtssequenzen für den Literaturunterricht auf der Sekundarstufe I und II*, Bange Verlag, Hollfeld/Obfr. 1985
P . O'Connor, *Die Rache der Komantschen*, Breitschopf Verlag, Wien, 1975
Ulrich Plenzdorf, *Die neuen Leiden des jungen W.*, Suhrkamp Verlag, Frankfurt am Main, 1973

Josef Rattner, *Der schwierige Mitmensch*, Psychotherpaeutische Erfahrungen zur Selbsterkenntnis, Menschenkenntnis und Charakterkunde, Fischer Taschenbuch Verlag, Frankfurt am Main, 1973
C. V. Rock, *Geld verdienen mit Musik*, Econ Verlag (ECON-HOBBY), Düsseldorf/Wien, 1973
Jerry Rubin, *Do it! Scenarios für die Revolution*, Rowohlt Taschenbuch Verlag, Reinbek bei Hamburg, 1971 (26.-30. Tausend)
Antoine de Saint-Exupéry, *Der kleine Prinz*, Karl Rauch Verlag, Düsseldorf, 1956
Fernand Salentiny, *Das Lexikon der Seefahrer und Entdecker*, Fischer Taschenbuch Verlag, Frankfurt am Main, 1977
J. D. Salinger, *Der Fänger im Roggen*, Verlag Kiepenheuer & Witsch, Köln, 1962
*Salzburger Brautführer*, ausgewählt und mit einem Vorwort versehen von Karl Heinrich Waggerl, Festungsverlag, Salzburg, 1975 (19. Auflage)
Arthur Schnitzler, *Leutnant Gustl und andere Erzählungen*, S. Fischer Verlag, Frankfurt am Main, 1961
Werner J. Schweiger (Herausgeber), *Das große Peter Altenberg Buch*, Zsolnay Verlag, Wien/Hamburg, 1977
Manfred Schulz, *Mehr Spaß am Pfeife rauchen*, Humboldt-Taschenbuchverlag, München, 1977
R. L. Stevenson, *Flucht ins Abenteuer*, Breitschopf Verlag, Wien, 1975

Helmut Strutzmann, *Die individuelle Note des Mannes – der Bart*, Falken Verlag (Liebhaber-Bibliothek), Niedernhausen, 1985
Peregrinus Syntax (Herausgeber), *Allgemeines deutsches Reimlexikon*, mit einer Gebrauchsanleitung von Hans Magnus Enzensberger (nach dem Originalwerk aus dem Jahr 1826), insel taschenbuch 674, Frankfurt am Main, 1982
Alan Watts, *Was hält das Zeug*, Beziehungen zwischen Mensch und Materie, Zero Verlag, Rheinberg, 1983
Alan Watts, *Tod. Nichts. Die Natur des Menschen.* Jeweils Goldmann Esoterik, 1984
Philip G. Zimbardo, *Nicht so schüchtern!* modern verlags gmbh, Landsberg am Lech, 1978

## *Meine Frauen*